LE PIRE VAMPIRE

DU MÊME AUTEUR

Romans et nouvelles

R.I.P. Histoires mourantes (nouvelles), Ottawa, Éditions David, 2009, coll. « Voix narratives ».

Ainsi parle le Saigneur (polar), Ottawa, Éditions David, 2006, coll. « Voix narratives et oniriques ».

Le cri du chat (polar), Montréal, Triptyque, 1999. Traduit en anglais (2006).

Le perroquet qui fumait la pipe (nouvelles), Ottawa, Le Nordir, 1998.

Livres pour ados

Cadavres à la sauce chinoise (polar), Ottawa, Éditions David, 2016, Coll. « 14/18 ». Prix 2018 de la Toronto French School.

Le député décapité (polar), Ottawa, Éditions David, 2014, Coll. « 14/18 ».

Un moine trop bavard (polar), Ottawa, Éditions David, 2011, Coll. « 14/18 ». Prix du livre d'enfant Trillium 2013. Traduit en russe (2018).

On fait quoi avec le cadavre ? (nouvelles), Ottawa, Éditions David, 2009, Coll. « 14/18 ».

Ainsi parle le Saigneur (polar), Ottawa, Éditions David, 2007, Coll. « 14/18 ». Prix des lecteurs 15-18 ans Radio-Canada et Centre Fora 2008.

Claude Forand

Le pire vampire

POLAR

David

Catalogage avant publication de Bibliothèque et Archives Canada

Titre: Le pire vampire / Claude Forand.
Noms: Forand, Claude, 1954- auteur.
Collections: 14/18.
Description: Mention de collection: 14/18
Identifiants: Canadiana (livre imprimé) 20190091002 | Canadiana
(livre numérique) 20190091010 |
  ISBN 9782895976714 (couverture souple) |
  ISBN 9782895977063 (PDF) |
  ISBN 9782895977070 (EPUB)
Classification: LCC PS8561.O6335 P57 2019 | CDD jC843/.54—dc23

L'auteur remercie le Conseil des arts de l'Ontario pour son soutien lors
de l'écriture de ce roman.

Nous remercions le Gouvernement du Canada, le Conseil des arts
du Canada, le Conseil des arts de l'Ontario et la Ville d'Ottawa pour
leur appui à nos activités d'édition.

Conseil des arts Canada Council
du Canada for the Arts

Les Éditions David
335-B, rue Cumberland, Ottawa (Ontario) K1N 7J3
Téléphone : 613-695-3339 | Télécopieur : 613-695-3334
info@editionsdavid.com | www.editionsdavid.com

La puissance du vampire
tient à ce que personne ne
croit en son existence.

Bram STOKER,
auteur de *Dracula* (1897)

1

— Ralentis, espèce de fou, tu vas nous tuer !

La BMW familiale rouge fonce dans l'obscurité quasi totale du rang Morrison, à l'extérieur de Chesterville. La musique de Lady Gaga joue à fond de train. Il est presque vingt-trois heures trente mardi soir. Dehors, la chaleur du début juin commence à tomber pour la nuit. Tapi dans un tournant de la route, un patrouilleur de la Sûreté du Québec vient de constater l'excès de vitesse. Il actionne les gyrophares de sa voiture et se lance à la poursuite du contrevenant.

— Ah c'est génial ! On a la police collée au derrière maintenant !

Julius Boisvert jette un coup d'œil nerveux dans le rétroviseur. La voiture approche rapidement. Il ralentit et s'immobilise sur le bord de la route. Le patrouilleur fait de même, puis sort, s'approche et braque sa lampe de poche sur le visage du conducteur. Julius baisse sa vitre.

— Enregistrement et permis de conduire, dit l'agent.

Le jeune homme de dix-huit ans ouvre le coffre à gants. Rien. Il tâte ses poches. Rien non plus.

– On dirait que je n'ai pas mes papiers !

– Savez-vous pourquoi je vous arrête ?

– Ben, genre, j'allais comme *full* trop vite ?

– Exact. Vous rouliez à plus de 100 kilomètres dans une zone de 70.

Julius a gardé la tête baissée depuis le début. Soudain, il la relève en souriant et jette un regard frondeur au policier.

– Savez-vous c'est qui, mon père ?

– Non, mais je…

Le patrouilleur arrête soudain de parler. Il a entendu une autre voix dans la voiture.

– Qui est là ? demande-t-il.

Cette fois, il braque sa lampe de poche derrière Julius et constate que le siège est complètement abaissé. Une masse sombre et longue occupe tout l'espace du véhicule.

Un cercueil. Fermé…

Surpris, le patrouilleur est incapable de réagir. Par réflexe, il met la main sur son étui de pistolet et regarde nerveusement Julius :

– Monsieur, sortez immédiatement du véhicule !

Pour toute réponse, Julius éclate de rire et appuie à fond sur l'accélérateur. La BMW démarre dans un nuage de poussière, laissant le policier complètement stupéfait.

* *
*

Quelques instants plus tard, Stéphanie Nadeau-Labadie ouvre la partie supérieure du cercueil dans lequel elle était étendue et se redresse en position assise. Elle est visiblement exaspérée et le laisse savoir.

— Maintenant, on va avoir toute la police de Chesterville à nos trousses ! Est-ce qu'on est encore loin ?

Julius est nerveux. Il aurait pu entrer l'adresse sur son GPS, mais ne voulait pas avoir l'air niaiseux devant Stéphanie.

— Avoue-le donc que tu ne connais pas le chemin ! lance-t-elle.

— Pffff, certain que je le connais ! Même que je suis déjà venu avec des amis pour faire un party d'Halloween. En pleine nuit à part ça !

Stéphanie fait la moue. Gnagnagna… elle n'en croit pas un mot.

Julius constate l'air renfrogné de la jeune femme.

— Pourquoi tu le fais si ça te tente pas ? Personne t'oblige…

— J'ai dit oui. Maintenant, c'est trop tard…

La BMW quitte le rang Morrison pour emprunter un chemin de terre raboteux. Peu après, Julius pointe un doigt victorieux vers une pancarte au-dessus d'une grille en fer forgé.

— Tiens, on est rendus ! Je te l'avais bien dit !

Stéphanie s'empresse de sortir en prenant sa lampe de poche et son cellulaire. Elle vérifie ses textos : un autre de Carmella. Ah, celle-là !

— Bon, dépêche-toi de venir me rejoindre. On n'a pas toute la nuit !

Sans attendre Julius, Stéphanie se dirige vers une vieille porte en fer forgé rouillée qui émet un long gémissement en pivotant lourdement sur ses gonds dans la nuit tranquille. Seuls le bruit des insectes nocturnes et le hululement d'un hibou dans un arbre tout près l'accompagnent.

Julius est resté dans la BMW. Il hésite, tente de rebrousser chemin. Après quelques instants, il ouvre le coffre à gants, prend deux pilules blanches dans un petit sac et un flacon de rhum de Jamaïque volé à son père. L'adolescent boit ensuite plusieurs gorgées pour se donner du courage. Ragaillardi, il descend de la voiture et ouvre le coffre. Sa montre indique exactement minuit. C'est l'heure ! Il prend un sac contenant des vêtements, les enfile, puis saisit une pelle et marche à son tour vers la grille entrouverte.

Stéphanie est maintenant arrivée au milieu de l'ancien cimetière des Anglais, situé sur une colline verdoyante qui domine le paysage. Par temps clair, on peut voir jusqu'à un kilomètre à la ronde. Mais cette nuit, le brouillard s'est installé peu à peu et donne à ce lieu déjà macabre une apparence surréelle. La pleine lune se fait discrète et semble jouer à cache-cache derrière les nuages. La jeune femme regarde aux alentours et, à la lueur de sa lampe de poche, elle aperçoit dans l'obscurité une trentaine de pierres tombales dressées comme autant de lutins curieux sur la pointe des pieds. L'endroit est pratiquement abandonné depuis que la vieille église anglicane de Chesterville a fermé il y a plusieurs années. Seuls quelques paroissiens dévoués viennent encore à l'occasion faire l'entretien des lieux.

Stéphanie s'arrête devant un beau monument funéraire en granit. Elle dépose sa lampe et son cellulaire près d'elle sur la pelouse fraîche. Puis, elle s'étend lentement – presque cérémonieuse- ment – devant la pierre, en prenant soin de ne pas froisser sa longue robe blanche. Une fois allongée sur le sol humide, elle tente aussi de remettre en place le ruban rouge dans ses longs cheveux noirs. Puis, elle ferme les yeux. Elle attend…

Après une vingtaine de minutes, Stéphanie se relève brusquement, saisit son cellulaire et compose le numéro de Julius. Elle est furieuse. Furieuse !

– Julius Boisvert, mais qu'est-ce que tu fous ? Ça fait vingt minutes que je poireaute ici comme une belle dinde ! Grouille-toi donc le derrière !

En l'attendant, elle décide de se recoucher. Sous un chêne géant, un oiseau de nuit hulule à nouveau. Stéphanie s'immobilise pour l'écouter. Au primaire, elle faisait partie du club d'ornithologie de son école et ce cri, elle l'aurait juré, était celui du hibou des marais ou du hibou moyen-duc.

L'instant d'après, elle entend remuer dans les buissons tout près du grand arbre. Elle se relève rapidement et se hasarde vers l'endroit d'où provient le bruit.

– Bon, enfin ! Ça fait au moins une demi-heure que… Non ! Nooooonnn !

Stéphanie Nadeau-Labadie n'a pas le temps de finir sa phrase. Elle est poussée sans ménagement et sa tête heurte une grosse roche.

* *
*

À sept heures dix-huit, le mercredi matin, la porte de l'urgence à l'Hôpital général de Chesterville s'ouvre avec fracas. La dizaine de personnes dans la salle d'attente se retournent à l'arrivée du sergent Roméo Dubuc, enquêteur à la Sûreté du Québec, détachement de Chesterville. Ses mains sont enfouies dans une serviette qu'il presse contre son visage. De toute évidence, il saigne abondamment. La préposée quitte son poste pour aller à sa rencontre.

— Mais voyons donc, Roméo ! Qu'est-ce qui vous arrive ? Avez-vous eu un accident ? Vous êtes-vous battu ?

— Non, non ! C'est mon nouveau médicament pour le cœur qui m'a l'air de provoquer des saignements de nez !

Sans attendre, elle le saisit par le bras et l'entraîne vers une petite salle d'examen.

— Par ici, Roméo. C'est justement votre médecin de famille, le docteur Roberge, qui est de garde ce matin. Il vous verra dans un instant ! Allongez-vous, je vais vous apporter une serviette propre.

Le médecin arrive quelques minutes plus tard, consulte le dossier de son patient, puis examine son visage ensanglanté.

— Les saignements ont commencé vers quelle heure ?

— Il y a à peu près une demi-heure, répond Dubuc avec difficulté.

— Vous avez bien fait de venir. Je vous avais prescrit un médicament pour contrôler votre arythmie cardiaque, mais il comporte des effets secondaires indésirables, dont les saignements imprévus. Je vais vous administrer quelque chose d'autre pour contrôler tout ça. Attendez-moi un instant.

Le Dr Roberge revient et lui injecte le nouveau remède. Il prend ensuite son stéthoscope et vérifie les signes vitaux de son patient.

— Vous n'avez pas perdu trop de sang, c'est encourageant. Vous savez qu'on dit toujours que « le sang, c'est la vie », parce que c'est lui qui distribue l'oxygène et les nutriments nécessaires au bon fonctionnement du corps humain. C'est aussi un indicateur important de maladie. Les tests sanguins nous permettent de détecter des cas de cancer, de leucémie, etc. C'est fascinant et je pourrais vous en parler pendant des heures…

Ces explications scientifiques ne semblent pas avoir rassuré Dubuc pour autant. Le médecin ajoute :

— Écoutez, le nouveau médicament devrait mettre fin aux saignements et vos signes vitaux vont revenir à la normale. Allongez-vous ici et reposez-vous une petite demi-heure. Par mesure de sécurité, je vais quand même vous référer à la clinique pour des tests de sang. Vous reviendrez me voir dans quelques jours à mon cabinet et on verra si ça fonctionne, d'accord ?

Dubuc est étendu sur le dos, un peu somnolent. Un quart d'heure plus tard, la porte s'ouvre brusquement. Lucien Langlois, collègue détective et ami de longue date du sergent Dubuc, est aussi pâle qu'un fantôme.

— Bon, enfin ! Je te cherchais partout ! J'ai besoin de toi au plus sacrant. Rejoins-moi, dehors !

Fouetté par cette apparition aussi soudaine que mystérieuse, Dubuc se lève et suit Langlois, laissant le Dr Roberge et le personnel bouche bée.

* *
*

La voiture démarre en trombe.

— On s'en va où ?

— À l'ancien cimetière des Anglais !

Dubuc note l'air renfrogné de son collègue et lui en fait la remarque.

— C'est parce que je te cherche depuis sept heures ce matin ! répond le principal intéressé. T'aurais pu prendre mes appels ! C'est le bureau qui m'a finalement appris que tu étais à l'hôpital.

— Bout de chandelle, dis-moi ce qu'on va faire à l'ancien cimetière des Anglais ? Tu veux m'offrir une pierre tombale en cadeau, c'est ça ?

— Fais pas de farces avec ça ! rétorque gravement Langlois. Tiens, on arrive, tu verras par toi-même…

À une vingtaine de mètres, Dubuc aperçoit une BMW familiale rouge garée en bordure du chemin de terre, près de la grille du cimetière. Les deux policiers sortent de leur véhicule et marchent vers la voiture. Malgré lui, Dubuc continue de remarquer l'énervement inhabituel de son collègue, ce qui l'inquiète.

— J'ai vérifié et la BMW appartient à Adrien Boisvert.

— Le propriétaire de la grosse usine Autotech Pièces d'auto, en banlieue de Chesterville ?

— En plein ça. Son usine emploie trois cents personnes dans la région et c'est un vieil ami du patron, un *big shot*, ils jouent au golf ensemble. Alors, vers six heures ce matin, Boisvert a appelé directement la SQ. Apparemment que son fils Julius, âgé de dix-huit ans, n'est pas rentré à la

Le pire vampire

maison hier soir. Il a découché et sa mère capote. Personne n'était disponible ce matin, alors le patron m'a contacté. J'ai finalement retrouvé l'auto ici, mais aucune trace de Julius. En passant, jette donc un coup d'œil derrière le siège du conducteur, tu vas avoir tout un choc !

Dubuc balaie du regard l'intérieur du véhicule. L'étonnement se lit sur son visage.

— Bout de chandelle, un cercueil ouvert, mais vide ! Est-ce que le mort a changé d'idée en cours de route ?

Langlois s'avance et ouvre la grille.

— Très drôle ! Arrête tes farces plates et suis-moi…

Langlois se retourne soudain, l'air vraiment désolé.

— Crois-moi, Roméo, j'aurais préféré que tu ne voies jamais ça !

Les deux détectives dans la cinquantaine grimpent péniblement la colline du cimetière jusqu'au sommet. Langlois pointe du doigt un chêne géant, à une dizaine de mètres devant eux. À cette distance, le reflet du soleil matinal donne aux êtres et aux choses autour d'eux une allure évanescente. De loin, Dubuc distingue tout d'abord vaguement une masse blanche sur l'herbe, au pied d'une pierre tombale.

Il s'approche lentement.

Une jeune femme de dix-sept ou dix-huit ans, d'une remarquable beauté, est étendue sur le dos, dans l'herbe, comme si elle dormait paisiblement. Elle est mince et très gracieuse. On dirait Cendrillon qui attend d'être réveillée par le baiser du Prince charmant. Son bras droit est replié sur son ventre. Sa longue chevelure noire, épaisse et soyeuse, ornée d'un ruban rouge vif, offre un contraste saisissant avec sa longue robe d'un blanc immaculé et ses souliers satinés couleur perle.

La scène champêtre eut été charmante, sans un détail qui la rend horrifiante.

Une morsure à la gorge...

2

Dubuc est sous le choc. Incapable de parler ou de bouger. C'est finalement Langlois qui le sort de sa torpeur.

— Je t'avais dit que c'était pas beau à voir ! J'ai découvert le corps de cette fille en cherchant Julius Boisvert et je t'ai appelé aussitôt.

Dubuc s'est accroupi près du cadavre et tente de maîtriser l'émotion qui s'est emparée de lui. Il se concentre : sur une scène de crime, le moindre indice, la moindre empreinte, la moindre interprétation peuvent avoir une importance capitale. C'est une occasion en or qui ne reviendra jamais de faire avancer l'enquête...

— Est-ce qu'on connaît son nom ?

— Elle n'avait aucun papier sur elle. Au pif, je lui donnerais dix-huit ans, pas plus.

Dubuc renifle la bouche de la morte. Il ne détecte aucune odeur d'alcool ou d'autre substance. Il soulève ses mains féminines et délicates et examine ses ongles longs et noirs manucurés.

— Elle ne s'est pas défendue non plus.

— C'est bizarre ! Si quelqu'un voulait me mordre au sang à la gorge, il me semble que je me débattrais comme un diable dans l'eau bénite !

— Parlant de sang, la pauvre fille en a perdu beaucoup et sa peau est évidemment devenue très pâle. Regarde ici, il y a une bosse derrière la tête, avec un peu de sang séché dans ses cheveux, mais c'est tout. Elle s'est peut-être heurté la tête en tombant sur une roche, ou elle été assommée. Il faudra voir les conclusions de l'autopsie.

Langlois s'approche pour constater la blancheur extrême de la victime. Il réagit vivement.

— On dirait qu'elle a été vidée de son sang !

Dubuc refuse de se laisser gagner par l'effroi qui s'est emparé de son collègue. Il fait appel à la logique.

— D'après sa rigidité, le cadavre a probablement passé une bonne partie de la nuit dans l'herbe. Alors, il est très possible qu'un animal sauvage et affamé qui rôdait dans les parages, un coyote ou un renard par exemple, ait pu lui planter ses crocs dans la gorge et boire son sang.

Les deux hommes se sont relevés et s'éloignent du corps de la jeune femme. Langlois reste profondément perturbé. Il se retourne soudain et contemple la mise en scène macabre derrière eux.

— Roméo, c'est peut-être juste un *feeling*, mais regarde ça. On dirait un film d'horreur : la victime est une belle jeune fille à la peau laiteuse aux longs cheveux noirs… aux lèvres noires… aux ongles noirs… vêtue d'une longue robe blanche et chaussée de souliers couleur perle. Elle est étendue sur l'herbe comme une jeune vierge sacrifiée… en pleine nuit dans un cimetière… au pied d'une pierre tombale. Une profonde morsure à la gorge. À quoi ça te fait penser ?

Dubuc détourne le regard.

Il ne répond pas…

                    *   *

                        *

Les deux détectives marchent maintenant en direction d'un chêne à quelques mètres de la victime. Langlois se penche vers la roche que son pied vient de heurter et voit qu'elle est maculée de sang.

— Elle est peut-être tombée ici, dit Dubuc.

— Si c'est le cas, comment s'est-elle retrouvée au pied de la pierre tombale ?

Dubuc est soudain distrait par un rayon de lumière. Sous le soleil matinal, le reflet d'un objet brillant dans les buissons attire son regard. Il se penche pour le ramasser.

Un téléphone cellulaire...

Il prend l'appareil et manipule maladroitement de ses gros doigts le clavier.

— Zut ! Ça nous prendrait un code pour l'ouvrir...

Lucien saisit le téléphone et fait quelques essais sur le clavier. L'écran s'illumine.

— Comment t'as fait ? demande Dubuc, estomaqué.

— Mon neveu m'a dit que beaucoup d'utilisateurs entrent simplement les chiffres « 1-2-3-4 » comme mot de passe. Tu vois, ça marche !

En voyant plusieurs photos d'elle, les deux détectives concluent très vite que l'appareil appartient à la victime.

— Ben voilà. Cette fille s'appelle Stéphanie Nadeau-Labadie, dit Langlois. Sur cette photo, elle est avec Brigitte Nadeau, la propriétaire du salon de coiffure. Probablement sa mère. D'après son profil Facebook, elle a dix-sept ans, elle aimait la tarte aux pommes avec de la crème glacée à la vanille, le rocker Éric Lapointe et les gars avec des tatouages. Elle voulait aussi étudier en psychologie à l'Université de Sherbrooke.

Dubuc lui prend le téléphone des mains.

— Bout de chandelle ! Stéphanie a fait un appel à Julius Boisvert juste après minuit ! Je vais recomposer le numéro pour essayer de le rejoindre…

— Écoute !

À une vingtaine de mètres d'eux, ils entendent une sonnerie et courent en direction d'une clairière. Ils n'en croient pas leurs yeux. Assis au sol et adossé à un piquet de clôture à vache, un jeune homme réveillé en sursaut par son iPhone tente de reprendre ses esprits. Ses cheveux noirs sont lissés vers l'arrière, son visage est recouvert de poudre blanche, ses yeux brillent d'un regard rougeâtre et une longue cape noire recouvre sa chemise. Une pelle est par terre, près de lui. Lorsqu'il ouvre la bouche pour parler, les deux policiers aperçoivent avec stupeur…

Deux crocs blancs bien effilés au coin des lèvres !

*　*

*

Par réflexe, Langlois sort son pistolet Glock 9 mm et le pointe nerveusement en direction de l'adolescent.

Dubuc abaisse immédiatement le bras de son collègue et s'approche du suspect.

— Es-tu Julius Boisvert ? On est de la Sûreté du Québec, mon garçon.

— Eille, c'est *super cool*! Deux flics armés qui viennent m'arrêter parce que je roulais trop vite hier soir!

— Mais de quoi parles-tu? Langlois et moi sommes deux enquêteurs de police.

Rassuré par le ton amical de Dubuc, l'adolescent se relève péniblement et trébuche à quelques reprises.

— Ayoye, j'ai super mal au coco! Quel jour on est, monsieur?

— Mercredi matin, et il est presque neuf heures. Pourquoi tu...

— Eille, j'ai un examen de maths à matin, il faut que je décampe au plus sacrant!

Le garçon décide soudain d'enlever ses fausses dents, sa cape, la poudre de son visage, ainsi que ses verres de contact rouges. Il ramasse la pelle et part en courant.

Mais quand il passe près de Langlois, celui-ci l'empoigne solidement par le bras.

Dubuc s'approche et dit d'un ton sec :

— Oublie l'école pour ce matin, d'accord? Raconte-nous plutôt ce que tu fais près de l'ancien cimetière des Anglais, déguisé en vampire.

Julius Boisvert baisse les bras et semble résigné à rater son examen de maths. Il se passe la main dans les cheveux et fait des efforts évidents pour se concentrer.

— Bon, correct. L'affaire, c'est que je suis supposé écrire un article-choc dans le journal *Le Cabochon* de mon école sur un club *full* bizarre. Vous savez, des jeunes qui s'habillent en noir pour se donner un *look* gothique, avec leurs cheveux noirs, les ongles noirs, qui sortent à la pleine lune, qui trippent sur le sang, toute la patente!

D'ailleurs, ils se tiennent toujours ensemble à l'école, ils ne parlent jamais aux autres élèves.

Dubuc l'écoute impatiemment.

— Et ensuite…

— Comme je voulais écrire un article sur eux autres, j'ai décidé de les infiltrer comme « agent secret » en leur faisant accroire que je voulais devenir membre. *Super cool*, hein ? La nuit passée, c'était censé être mon « initiation » au cimetière. Ils m'ont envoyé ici avec la belle Stéphanie Nadeau-Labadie, qui fait déjà partie du club. Au fait, elle est passée où Stéphanie ?

— Continue ton histoire, répond sèchement Dubuc.

— Bon. Comme je disais… je me suis habillé en comte Dracula, vous avez vu mon déguisement. La pelle, c'était pour creuser un trou devant une pierre tombale, et Stéphanie habillée en jeune vierge avec sa belle robe blanche devait s'étendre dedans. Ensuite, pour mon initiation, je devais… je devais…

Les deux policiers notent le malaise croissant de Julius Boisvert.

— Je devais mordre Stéphanie au cou, mais juste un peu, en laissant une marque rouge et prendre ensuite une photo avec mon téléphone pour prouver que j'étais sérieux et que je pouvais faire partie du groupe.

— As-tu mordu Stéphanie ?

— Ben non justement, parce qu'en sortant de mon auto, j'ai eu la chienne, au point de vouloir virer de bord et repartir chez nous. Dans la boîte à gants, j'ai pris un petit flasque de rhum que j'avais piqué à mon père. Pour me donner du courage, je l'ai calé avec du Valium en pensant que ça me calmerait les nerfs. J'ai mis mon déguisement de vampire et j'ai pris ma pelle pour aller rejoindre Stéphanie au cimetière, en haut de la butte. Le problème, c'est qu'après dix minutes, l'alcool pis les pilules commençaient à me mélanger les idées et que la tête me tournait comme une toupie! Je me suis, genre, perdu dans le noir. Ensuite, je me suis arrêté pour m'adosser près d'une clôture. C'est là que j'ai dû tomber sans connaissance pis m'endormir.

Tout en parlant, Julius Boisvert regarde d'un air inquiet autour de lui.

— Stéphanie, elle est passée où, monsieur?

Il observe nerveusement les deux policiers à tour de rôle. Il devine leur malaise.

— Stéphanie est morte, répond sèchement Dubuc. On l'a retrouvée au pied d'une pierre tombale ce matin. Elle avait une grosse bosse derrière la tête et une profonde morsure à la gorge. On a...

Le garçon enfouit son visage dans ses mains, crie et pleure à chaudes larmes. À travers ses sanglots, les policiers l'entendent s'accuser.

— C'est... c'est ma faute! Si j'avais été avec Stéphanie, elle serait encore vivante!

Sans prévenir, il s'élance au pas de course, suivi des deux hommes qui peinent à le rattraper.

Ayant repéré la pierre tombale, Julius tombe à genoux à côté du corps de Stéphanie. Il lève les deux bras en l'air, comme pour la toucher une dernière fois sans trop savoir comment. Sa main lui caresse affectueusement le visage, les cheveux. Des larmes coulent sur ses joues. Il serre les poings en regardant au ciel, comme pour maudire son absence.

Arrivés par-derrière, les deux détectives l'aident à se relever. Langlois appelle l'ambulance et ses collègues à la Sûreté du Québec.

Julius sèche ses larmes. Son chagrin fait maintenant place à la colère.

— Moi, je vais vous aider à retrouver le meurtrier de Stéphanie! Il va payer pour son crime écœurant!

Dubuc hoche la tête.

— Le problème, mon pauvre garçon, c'est que tu es présentement notre seul suspect dans la mort de Stéphanie. À part la victime, il n'y avait que toi sur les lieux du crime. D'après ton histoire, vous étiez seuls au cimetière hier soir.

— Mais ça ne veut pas dire que je l'ai tuée!

Julius Boisvert sent que les deux détectives sont incrédules.

— Mais vous ne comprenez rien! Pour moi, jouer au vampire, c'était comme mettre un costume d'Halloween. C'était juste pour le *fun*!

3

Vers onze heures trente, ce matin-là, Dubuc et Langlois sont attablés à la cantine La Belle Bedaine, à la sortie de Chesterville. Les émotions vécues plus tôt ont bouleversé les deux hommes. L'ambulance a transporté le corps à la morgue et des policiers ont emmené Julius Boisvert au bureau de la SQ de Chesterville. Pour se calmer les nerfs, Dubuc a commandé un club sandwich super mayo avec une frite sauce et des rondelles d'oignons frits. Son téléphone sonne. C'est le père de Julius.

Parvenant difficilement à placer un mot, Dubuc réussit tout de même à expliquer à l'industriel de Chesterville que son fils est détenu pour être interrogé, parce qu'il est actuellement le seul et principal suspect dans la mort affreuse de Stéphanie Nadeau-Labadie.

Adrien Boisvert retient difficilement sa grogne :

— Sergent Dubuc, j'ignore au juste sur quoi vous fondez vos stupides accusations, elles vont me nuire personnellement, ainsi qu'à ma compagnie ! Vous savez que tout est une affaire de perception, peu importe que les gens soient coupables ou non ! Je suis présentement en voyage d'affaires à Boston avec mon avocat, mais sachez que Julius ne dira pas un mot de plus sans la présence de maître Sirois. Nous rentrons ce soir par le prochain avion et vous aurez de mes nouvelles très bientôt, c'est compris ?

Il raccroche brusquement.

Dubuc et Langlois voient soudain arriver la journaliste Manon Pouliot de l'hebdomadaire local *Le Progrès de Chesterville* qui s'invite à leur table. Ils devinent qu'elle est déjà au courant du meurtre. Après les salutations d'usage, elle passe au vif du sujet.

— Dites donc, c'est quoi cette histoire bizarre de jeune fille retrouvée morte et mordue à la gorge au vieux cimetière des Anglais ?

Dubuc regarde Langlois du coin de l'œil. Jusqu'ici, afin de ne pas causer de panique à Chesterville, les deux policiers se sont entendus pour éviter de mentionner les éléments « étranges » entourant ce meurtre.

— Mordue à la gorge ? Tu savais ça, toi, Lulu ?

Son collègue feint l'étonnement, mais la journaliste n'est pas dupe.

— Eille, eille, eille, arrêtez de me remplir comme une piscine olympique ! Vous saurez que j'ai mes contacts chez les ambulanciers. D'ailleurs, j'ai déjà sorti avec le beau Michael, qui m'a raconté que la victime âgée d'environ dix-sept ans avait été retrouvée au pied d'une pierre tombale, la gorge en sang...

Sachant que rien n'arrête Manon Pouliot lorsqu'elle flaire une bonne histoire, Dubuc opte cette fois pour la franchise.

— Bon, écoute. Stéphanie Nadeau-Labadie est probablement morte la nuit dernière au cimetière, après qu'elle soit tombée, que sa tête ait heurté une roche et qu'elle ait perdu du sang. C'est tout ce qu'on sait. Ensuite, un animal sauvage affamé, probablement un coyote ou bien un renard, l'aurait mordue dans le cou pendant la nuit, alors qu'elle était inconsciente dans l'herbe et elle aurait perdu beaucoup de sang. C'est ça, mon explication. As-tu d'autres questions?

— Ben voyons donc! Qu'est-ce que Stéphanie faisait dans le vieux cimetière des Anglais à minuit un mardi soir?

Dubuc regarde encore Lucien et se gratte l'oreille.

— Euh… Très bonne question! On pense qu'elle allait déposer des fleurs sur la tombe de sa marraine. C'est ça, hein, Lucien?

— À minuit? Faites-moi pas encore votre petit numéro à deux!

— Correct, correct. D'après ce qu'on sait, Stéphanie était au cimetière pour participer à une « initiation » d'un club de son école.

— Un club? Quel genre de club fait une initiation à minuit, dans un cimetière?

Dubuc soulève son assiette vers Manon.

— D'après moi, un « club sandwich »!

Les deux détectives éclatent d'un rire gras et complice.

Frustrée, Manon Pouliot ramasse ses affaires et quitte précipitamment le restaurant La Belle Bedaine.

— Ouf, on l'a échappé belle! dit Langlois.

Mais Dubuc n'est pas dupe. Il sait très bien que Manon Pouliot est une bonne journaliste.

Très bientôt, elle aura d'autres questions encore plus embarrassantes. Et cette fois-là, les deux détectives n'auront pas le goût de faire des blagues idiotes…

* *
*

En milieu d'après-midi, Dubuc et Langlois se présentent au domicile de la mère de Stéphanie. Celle-ci revient tout juste de la morgue, où elle a identifié le corps de sa fille.

Brigitte Nadeau est bien connue à Chesterville. Elle est propriétaire du salon Ultra Coquette du centre-ville, où travaillent une demi-douzaine de coiffeuses. Les deux policiers devinent que les affaires vont bien : sa résidence de deux étages, bien aménagée, est située sur un grand terrain avec piscine creusée, dans un quartier cossu. Une rutilante Mercedes-Benz de l'année est stationnée près de la maison.

En entrant, Dubuc a vite remarqué qu'il n'y avait que des chaussures de femme sur le tapis et assume que Mme Nadeau vit seule, ce qu'elle confirme.

— Mon courailleux de mari dépensait mon argent à jouer aux cartes à longueur de nuits ! Ce n'était pas un modèle pour ma Stéphanie, alors je l'ai flanqué à la porte. J'ai pratiquement élevé ma fille toute seule, vous savez…

Elle parle tout en s'affairant à nettoyer la table de cuisine avec un linge avant d'inviter les deux policiers à s'asseoir. Ils devinent qu'elle tente ainsi de calmer son agitation.

— Toutes nos sympathies pour Stéphanie, laisse tomber Langlois, du bout des lèvres.

Ces simples paroles font craquer la façade bravache de Brigitte Nadeau.

Elle éclate en de profonds sanglots…

Mal à l'aise, les deux policiers comprennent qu'elle évacue toute sa peine refoulée depuis qu'elle a appris la mort de sa fille ce matin. Quelques instants plus tard, elle reprend le contrôle de ses émotions.

— Je sais que ce n'est pas le moment, mais je dois vous poser des questions.

Brigitte Nadeau hoche faiblement la tête.

— Savez-vous si Stéphanie se tenait avec des jeunes « peu recommandables » ?

— Pas à ma connaissance. C'était une bonne fille. Comme je vous l'ai dit, je l'ai élevée toute seule, ma Stéphanie.

— Est-ce qu'elle vous a déjà parlé d'un certain Julius Boisvert ?

— Connais pas.

— Elle fréquentait apparemment un club gothique à l'école. Ça vous dit quelque chose ? renchérit Lucien.

La mère écarquille les yeux avec étonnement et fait signe que non.

Dubuc se lève de table et son collègue en fait autant.

— On peut jeter un coup d'œil à la chambre de Stéphanie ?

— Pourquoi faire ?

— Simple formalité. On essaie de trouver des indices qui expliqueraient sa mort.

— À la morgue tantôt, ils m'ont dit que ma Stéphanie s'était probablement fendu le crâne en tombant sur une roche, mais aussi qu'un animal sauvage l'aurait mordue dans le cou ! Vous avez vu sa gorge, c'était tellement affreux !

— C'est justement ça qu'on essaie de comprendre.

Brigitte Nadeau pointe un doigt vers le fond du corridor.

Dubuc et Langlois entrent dans la petite pièce, qui fait environ quatre mètres sur trois. Les murs sont peints d'une couleur pastel agréable. Le lit bien fait est appuyé contre le mur. La table de travail est vide. Sur une étagère, quelques oursons géants en peluche, un peigne et un petit miroir. Au mur, une affiche du légendaire danseur de ballet Rudolf Nureyev. Tout donne l'impression d'une chambre de jeune fille sage…

Langlois ouvre l'armoire. Quelques chandails sont empilés. Dans les tiroirs, pas de vêtements, mais quelques livres pour les jeunes.

Dubuc se tourne vers son collègue pour murmurer :

— D'après moi, Stéphanie ne vivait plus ici depuis plusieurs années…

*   *

*

Vers dix-neuf heures, Dubuc s'apprête à entrer dans la petite salle d'interrogatoire de la SQ de Chesterville. Derrière la vitre sans tain, qui permet de voir l'intérieur de la pièce tamisée sans être aperçu du suspect, Langlois s'attarde au comportement de Julius Boisvert. Il se retourne en voyant arriver son collègue.

     Le pire vampire

— Le jeune poirote depuis une demi-heure et j'ai grimpé le chauffage à 27 °C dans la salle. Maintenant, il a terriblement chaud, il transpire et c'est un vrai paquet de nerfs!

— Je vais me risquer, fait Dubuc.

— Même si Adrien Boisvert a dit que son fils ne parlera pas à la police sans son avocat!

Pour toute réponse, Dubuc fait un clin d'œil complice à son collègue et ouvre la porte de la salle d'interrogatoire.

— Salut, Julius! Tiens, je t'ai apporté un Coke. Ouf, il fait super chaud ici. Tu dois avoir soif comme un chameau dans le désert!

L'adolescent bondit sur le gobelet de plastique.

— Eille, c'est à peu près temps que vous arriviez! Ça fait au moins une demi-heure que vous me faites niaiser à une température tropicale! Qu'est-ce que vous voulez?

— T'as donc raison. Je vais parler aux autres. Ce n'est pas vraiment correct de te faire ça. Surtout que tu veux collaborer avec nous autres, hein?

Julius dépose son verre et semble soupeser chaque mot.

— Ben oui, je vous l'ai dit à matin. Je vais vous aider à retrouver le meurtrier de Stéphanie, c'est juré! L'écœurant, il va payer pour son crime!

— Tu colles toujours à ton histoire d'agent secret au cimetière pour écrire un article sur le club gothique dans le journal de ton école. C'est bien ça?

— Vous perdez votre temps avec moi! C'est Prince Richard que vous devriez interroger...

— Qui ça?

Soudain, la porte de la petite salle s'ouvre avec fracas. Un homme austère aux cheveux gris, lunettes à monture épaisse noire, complet-cravate et mallette en main, fait irruption dans la pièce.

— Ça suffit! Julius, plus un mot à la police, tu m'entends!

Il toise le détective.

— Sergent Dubuc, je suis maître Sirois, l'avocat de Julius. Sachez que mon client a collaboré avec vous de bonne foi jusqu'ici, mais assez, c'est assez! Vous n'avez que des preuves circonstancielles et complètement farfelues contre lui pour l'accuser : un petit *kit* de vampire acheté en vente au Walmart, un dentier en plastique, un message téléphonique de la victime au bord de la crise de nerfs… Bref, avouez que ce n'est pas génial, votre affaire! Alors, ou bien vous accusez formellement Julius Boisvert de meurtre, ou bien vous le relâchez immédiatement. On s'entend, sergent Dubuc?

Le policier se lève. D'un air résigné, il ouvre la porte de la petite salle et fait signe à Julius qu'il est libre comme l'air.

*   *

*

L'instant d'après, Marcel Simard, le directeur de la Sûreté du Québec, détachement de Chesterville, surgit dans le corridor et fait signe à ses deux détectives de s'approcher.

— Psssssst! Dubuc! Langlois! Dans mon bureau!

Les deux policiers s'assoient devant lui. Le patron leur laisse généralement la latitude voulue

   Le pire vampire

pour mener leurs enquêtes. Lorsqu'il se met le nez dans leurs affaires, c'est que les choses ne tournent pas rond…

— Je viens d'avoir un appel d'Adrien Boisvert. Aie, il n'était pas content le monsieur ! Avez-vous des accusations solides concernant son fils ? Je viens de voir repartir le jeune avec son avocat.

Dubuc résume la situation.

— Écoute, Marcel, on a retrouvé Julius au cimetière à matin, pas très loin de la victime. Il était complètement assommé par l'alcool et le Valium.

— Justement. N'importe quel avocat va démolir vos accusations en cinq secondes et quart ! Si le jeune ne tenait pas debout sur ses pattes, comment voulez-vous qu'il ait pu attaquer la victime ! C'est l'argument que Sirois va faire valoir ! Il me semble que ça ne prend pas un doctorat en psychologie pour comprendre ça, les gars !

Langlois remet les choses en perspective :

— N'oublions pas qu'il y avait un cercueil dans la voiture de Julius. Est-ce que le meurtre de Stéphanie était prémédité ? Julius raconte qu'il était là pour participer à une cérémonie d'initiation d'un club gothique de son école, mais on ignore s'il dit la vérité.

Marcel Simard les écoute en se rongeant au sang l'ongle du pouce, comme pour se défouler de son anxiété. C'est une habitude que Dubuc a souvent remarquée chez son patron.

— Écoutez, les gars, la dernière chose dont j'ai besoin, c'est d'avoir Adrien Boisvert sur le dos. C'est un industriel respecté, il a plein de gros contacts partout dans la région, alors s'il vous plaît, faites attentiooooon !

4

En début d'après-midi, le lendemain, Dubuc s'affaire à réchauffer sa pizza congelée au pepperoni, champignons, tomates, piment vert et double fromage dans le micro-ondes de la salle de repos, lorsque Langlois vient le rejoindre.

– T'avais raison, Roméo ! Stéphanie n'habitait plus chez sa mère depuis deux ou trois ans. Bell Canada m'a fourni l'adresse au dossier pour son téléphone cellulaire : 32-A, rue des Chemineaux. C'est un immeuble à logements qui tombe en ruines, près de l'ancienne gare de train.

Une demi-heure plus tard, les deux policiers stationnent dans l'est de Chesterville et marchent vers le duplex en mauvais état. Le 32-A est au rez-de-chaussée. Avant de sonner, Dubuc plonge la main dans la boîte aux lettres et en ressort quelques enveloppes. L'une d'elles est adressée à Stéphanie Nadeau-Labadie.

Il sonne à quelques reprises. Un énorme chien Rottweiler vient soudain se coller debout contre la vitre de la porte en jappant et en bavant. Les deux policiers ont un geste de recul.

Une jeune femme tenant un bébé qui pleure passe la tête dans l'embrasure :

— Que c'est que vous voulez ?

Les détectives s'identifient pendant que les aboiements couvrent leurs voix.

— Couché, Rambo ! ordonne-t-elle, en laissant entrer les deux hommes dans la petite cuisine de l'appartement défraîchi. Une odeur de Kraft Dinner séché flotte dans l'air. Tous trois s'installent autour de la table. Dubuc s'apprête à prendre des notes.

— Comment tu t'appelles ?

— Moi ? C'est Carmella Faucher, dit-elle en berçant affectueusement son bébé dans ses bras pour qu'il cesse de pleurer. Elle, c'est Philomène.

Dubuc l'observe un instant : de taille moyenne, Carmella est habillée en noir, a les cheveux noirs coupés à la garçonne et porte de longs faux cils noirs. Elle a un petit anneau métallique à la narine droite ainsi qu'à la lèvre inférieure.

— T'as quel âge ?

— Dix-huit, mais dix-neuf dans deux mois.

— Stéphanie, c'était ta coloc ?

— J'ai appris sa mort à matin. C'est capoté ! Je connaissais Steph, comme ça. Elle vivait ailleurs...

Dubuc fait glisser vers elle l'enveloppe trouvée dans la boîte aux lettres en arrivant.

— C'est bizarre. Regarde sur l'enveloppe, c'est pourtant écrit : « Stéphanie Nadeau-Labadie, 32-A rue des Chemineaux ».

— Ah ça ! C'était un arrangement entre Steph pis moi, pour pas que sa mère fouille dans ses affaires personnelles. Elle donnait toujours mon adresse icitte.

— Stéphanie vivait chez sa mère, mais elle faisait envoyer son courrier ici, c'est ça que tu dis ?

Carmella Faucher tambourine nerveusement des doigts sur la table. Son regard fixe le plancher. Pas difficile de deviner son gros mensonge. Langlois tente de dissiper la tension qui s'est installée.

— D'après nos informations, Stéphanie vivait ici depuis au moins deux ans.

Démasquée, Carmella décide de tout avouer.

— Bon, écoutez. La vraie affaire, c'est que la mère de Steph voulait qu'elle fasse son cours de coiffeuse pour prendre la relève à son salon. Steph, elle, voulait étudier en psycho à l'Université de Sherbrooke, surtout pour travailler avec du monde, genre, *full fucké*, correct ? Ça fait qu'il y a deux ans, elle est arrivée en larmes icitte avec ses valises, pis elle est restée à l'appartement depuis ce temps-là.

Dubuc regarde intensément Carmella. Il tente de déceler la moindre émotion sur son visage, mais n'en constate aucune.

— Dirais-tu que Stéphanie et toi étiez de « bonnes amies » ?

— Steph avait besoin d'une place pour rester, pis moi, ça m'aidait à payer le loyer.

— Tu travailles où ?

— À la clinique vétérinaire MonPitou du centre-ville.

— Connais-tu quelqu'un qui voulait du mal à Stéphanie ?

— Non.

La petite Philomène a cessé de pleurer. Carmella lui donne un gros bécot sur ses joues rougeaudes. La fillette éclate de rire. Elle la dépose dans le parc d'enfant près de la table de cuisine.

Dubuc en profite pour pousser un peu son interrogatoire.

— Tu es seule pour t'occuper de Philomène ?

— Ben oui. Quand je travaille, c'est madame Vigneault de l'appartement d'en haut qui est sa gardienne. Elle est veuve et ça lui fait un peu d'argent.

— Le père de l'enfant ne vit pas avec toi ?

Carmella a une réaction ennuyée.

— J'aime mieux vivre juste avec ma fille.

— On peut jeter un coup d'œil à la chambre de Stéphanie ?

— Pourquoi faire ?

— Trouver des indices, des informations, essayer de comprendre…

La jeune femme les guide dans l'étroit corridor qui s'ouvre sur une chambre au fond.

Cette fois-ci, les deux policiers devinent qu'ils sont au bon endroit : sur les murs recouverts de lourdes tentures noires, une affiche géante du beau et mystérieux Stefan Salvatore, la vedette de l'émission *Journal d'un vampire*. Sur un autre mur, celle du rocker Éric Lapointe à la guitare. Sur la petite table, des vidéos de la série vampirique *True Blood*. Sur l'étagère, plusieurs volumes de *Chroniques d'un vampire*.

Dans un tiroir, un numéro du magazine américain *Gothic Beauty*, avec en couverture une jeune femme maquillée de façon provocante : le visage poudré de blanc, les yeux rouge sang, les cheveux, les lèvres et les ongles noirs.

— Bout de chandelle ! Regarde Lulu. Sur le cellulaire de Stéphanie, j'ai vu plusieurs photos d'elle dans ce genre d'accoutrement « gothique ».

Mais Langlois ne répond pas. Dans l'un des tiroirs, il vient de mettre la main sur une pile de photos qui le bouleversent. Sans dire un mot, il les étale une à une sur la petite table devant Dubuc.

Les clichés font voir plusieurs personnes, des hommes et des femmes, dans une pièce plutôt sombre, dont l'éclairage diffus donne une apparence irréelle aux lieux. Peut-être un sous-sol de maison. Il semble s'agir de jeunes gens, tous vêtus de noir, et le teint blafard. Les garçons portent de longues capes et les filles sont habillées « sadomaso », cuir noir, bas résille et cheveux crêpés. Tout au fond, sur une petite table rectangulaire éclairée par des cierges, plusieurs crânes, en apparence humains, sont disposés en rangée. Sur l'une des photos, on peut voir une jeune femme à moitié nue, étendue sur le dos et quelques personnes près d'elle, les bras en l'air.

— Ces cierges, ces costumes, les crânes sur l'autel, la « jeune vierge » qu'on semble offrir en sacrifice, tout cela ressemble à un rituel.

Malgré lui, Langlois laisse échapper :

— On dirait une messe vampirique !

* *

*

En route vers le bureau, Dubuc et Langlois s'arrêtent pour un café au Tim Hortons près du poste de la SQ afin de réfléchir aux photos troublantes qu'ils viennent de saisir dans la chambre de Stéphanie. La journaliste Manon Pouliot les aperçoit et vient à leur rencontre. Elle s'assoit devant eux sans attendre d'invitation.

— Vous avez une tête d'enterrement ! Revenez-vous de funérailles ?

Sa blague tombe à plat comme une crêpe, car aucun des deux détectives n'a le cœur à rire.

Dubuc est perturbé, mais joue franc-jeu.

— Jusqu'ici, on croyait à une simple mise en scène au cimetière, mais les photos que l'on vient de trouver dans la chambre de Stéphanie pourraient suggérer qu'il existe des rituels plus élaborés auxquels elle participait probablement.

Manon essaie de comprendre.

— Le cadavre de Stéphanie avait une profonde morsure à la gorge, d'accord, mais dans la mythologie populaire, le vampirisme ne passe-t-il pas par un « échange de sang » ? C'est ce que j'ai lu en tout cas. Premièrement, le vampire mord sa proie et s'abreuve de son sang. Ensuite, il s'entaille une partie du corps, généralement le poignet et verse son propre sang dans la bouche de la victime, qui subit alors une transformation lente et douloureuse. Un état de léthargie proche de la mort s'installe, et elle devient finalement vampire à son tour. Ma question : sur la scène du crime, avez-vous remarqué du sang dans la bouche de Stéphanie ?

— Euh… Non, finit par répondre Dubuc.

— Bon. Alors, soyez tranquilles : vous avez sur les bras un cadavre ayant la gorge en sang, mais qui ne risque pas de se transformer en vampire à son tour. Il me semble que c'est réjouissant, ça, messieurs les détectives !

* *

*

En revenant au bureau en fin d'après-midi, Dubuc constate qu'il a reçu le rapport de l'autopsie effectuée à Montréal. Il tente aussitôt de joindre au téléphone le médecin légiste qui l'a pratiquée, afin d'avoir plus de détails.

— L'autopsie n'est pas terminée, dit le médecin, mais comme ça pressait pour votre enquête, vous avez l'essentiel. D'après la rigidité du corps, Stéphanie Nadeau-Labadie est morte mardi soir, vers minuit. Je n'ai rien trouvé sous les ongles, donc elle ne s'est pas défendue. Ce n'est pas étonnant, puisque la victime n'a probablement pas vu venir son agresseur. Elle a été frappée d'un coup mortel derrière la tête avec une roche, comme vous l'aviez soupçonné.

Dubuc réfléchit.

— Est-ce que Stéphanie aurait été transportée jusqu'à la pierre tombale « après » avoir été tuée ?

— En effet. Sa longue robe blanche est restée très propre. Il est évident que son meurtrier l'a portée dans ses bras, du lieu du crime jusque-là.

Dubuc est songeur.

— Dans ses bras, vous dites ? Sur une distance d'environ dix mètres, ça prend quelqu'un d'assez costaud.

Le médecin légiste toussote pour indiquer qu'il n'a pas terminé son exposé.

— Sergent Dubuc, vous devez aussi savoir que j'ai relevé de nombreuses coupures sur la victime. De toute évidence, cette jeune femme-là se tailladait les bras à coups de lame de rasoir. Je ne suis pas psychiatre, mais je sais qu'à l'adolescence, les jeunes vivent des situations de colère, d'anxiété et de dépression. L'automutilation est une façon non suicidaire de communiquer son stress, sa douleur ou sa détresse aux amis, à l'école et à la famille. On voit ça notamment chez des adolescentes qui ont été anorexiques ou boulimiques. Vous savez, c'est une réaction négative face à l'image de leur corps, à leur apparence.

Dubuc écoute attentivement le médecin légiste. Ces comportements malsains auraient-ils quelque chose à voir avec la mort tragique de Stéphanie ?

Le scientifique ajoute :

— J'ai aussi relevé des traces de blessure dans le dos, à la hauteur de l'épaule gauche.

— Récentes.

— Assez, oui. Cependant en raison de leur emplacement, Stéphanie n'a pu s'infliger elle-même ces lésions.

Dubuc prend des notes.

— Des traces d'agression sexuelle ?

— Aucune.

Dubuc ose avancer ce qui l'embête le plus dans cette enquête.

— Bout de chandelle, docteur, Stéphanie a été complètement vidée de son sang, elle était blanche comme un fantôme ! En plus de trente ans de carrière, c'est la première fois que je vois ça !

— C'est étrange, en effet. Je vous avoue que cette morsure au cou m'intrigue beaucoup. L'empreinte des dents est incomplète dans la gorge, mais l'artère carotide externe a définitivement été sectionnée, ce qui pourrait expliquer la perte de sang rapide.

— Causée par les crocs d'un animal sauvage ?

— Ce n'est pas certain…

5

Vers sept heures trente le vendredi matin, Dubuc arrive au centre d'entraînement Suprême, voisin du poste de police. Son assiduité laisse à désirer, mais il tente d'y aller au moins quelques fois par mois. Dans le vestiaire, il tombe nez à nez avec le Dr Roberge, qui termine sa séance de jogging de 45 minutes. Le médecin est agréablement surpris de voir Dubuc se mettre en forme.

— Pas d'autres saignements depuis avant-hier ? Excellent ! J'ai reçu vos résultats et vous ne faites pas d'anémie, mais les tests révèlent un déficit en fer dans votre organisme. À la longue, vous risquez de perdre votre capacité à l'effort si ce n'est pas réglé. Passez me voir au bureau, et je vous prescrirai un petit supplément, d'accord ?

Le policier reste assis, songeur.

— J'ai besoin de me changer les idées. La mort de Stéphanie Nadeau-Labadie me préoccupe beaucoup.

— En effet, on n'entend parler que de cette histoire depuis deux jours à Chesterville. Tout le monde a son idée là-dessus, en raison de son accoutrement bizarre et surtout de cette affreuse morsure au cou.

— L'autopsie vient de révéler qu'elle pourrait être d'origine animale, mais aussi humaine. L'artère carotide externe a été percée.

— Eh bien, ça va faire plaisir à ceux qui parlent de « meurtre vampirique » !

Dubuc balaie le commentaire du revers de la main.

— Pour l'instant, ce qui me chicote, c'est le fait que Stéphanie ait été vidée de son sang.

Le médecin se rend compte que Dubuc est visiblement troublé. Prêt à aller sous la douche, il se retourne :

— Écoutez, le cœur humain est une grosse pompe qui pousse et recycle sans cesse entre quatre et six litres de sang dans notre organisme. Si la victime a été retrouvée couchée sur l'herbe, le sang a pu s'écouler facilement, c'est une simple question de dynamique des fluides. Vous m'avez dit que l'artère carotide externe a été sectionnée. Dans ce cas-là, je dirais qu'une morsure à la gorge comme celle-là vide le corps humain en six minutes environ, en buvant ou en suçant le sang.

— Six minutes ! Voulez-vous dire que…

— Stéphanie était peut-être encore vivante lorsqu'elle a été mordue.

*   *
*

En milieu d'avant-midi, la journaliste Manon Pouliot s'arrête au Tim Hortons du centre-ville pour un café. Elle est étonnée de voir Dubuc seul à sa table, au fond du restaurant, la tête perdue dans les nuages. Elle vient le rejoindre et s'assoit.

— Pas de café, pas de beigne, pas de Timbits…
c'est la grande déprime ? dit-elle, à la blague.

La mine basse du policier n'annonce rien de
bon. Manon Pouliot connaît Dubuc depuis assez
longtemps pour savoir qu'un revers professionnel
ou un blocage sérieux dans une enquête risque de
lui donner le cafard, sinon une sérieuse déprime,
qui peut durer des jours et l'enfoncer dans une
profonde mélancolie. Autrefois, il noyait ces gros
nuages noirs dans une bouteille. Mais depuis
plusieurs années, il a appris à les surmonter à
force de patience et de persévérance.

— J'ai le piton collé à terre, Manon. Le rapport
d'autopsie laisse entendre que Stéphanie aurait
été mordue au cou par un humain. J'ai parlé au
docteur Roberge plus tôt ce matin. D'après lui, le
meurtrier a pu vider Stéphanie de tout son sang
en quelques minutes, alors qu'elle vivait encore !
Peux-tu imaginer ça ? Pauvre fille !

— Croyez-vous toujours que Julius Boisvert
soit impliqué ?

Dubuc réfléchit un instant.

— À cause des pilules et du rhum, Julius a fait
un *blackout* dans les heures où s'est produit le
meurtre. Ce n'est donc pas un témoin vraiment
crédible et fiable. J'ai eu l'impression, en parlant
avec lui, que ce garçon, plutôt chétif, serait incapable de commettre un meurtre aussi épouvantable et encore moins de transporter sa victime
sur une distance de dix mètres. Pour l'instant,
l'avocat de son père l'a fait remettre en liberté,
puisqu'on n'a que des preuves circonstancielles.

— Lors de l'arrestation de Julius mercredi
matin, avez-vous fait des tests de toxicologie pour

vérifier si son histoire de médicament mélangé avec de l'alcool était vraie ?

— Oui. Malheureusement, les résultats des tests de sang étaient peu fiables parce qu'ils ont été faits seulement le lendemain midi, soit presque douze heures après que Julius ait ingurgité du Valium et de la boisson.

— Autrement dit, il aurait pu « inventer » toute cette histoire et tuer Stéphanie ! rétorque Manon.

— J'en doute. Quand on l'a trouvé au cimetière, Julius démontrait les symptômes classiques d'intoxication, comme la confusion, la bouche pâteuse, des troubles de mémoire et la perte d'équilibre.

Manon tire ses conclusions.

— Ou bien Julius était drogué et incapable de tuer Stéphanie, ou bien…

— Ou bien quoi ?

— C'est un formidable acteur et il mérite un Oscar !

* *

*

De retour au bureau, Dubuc constate que Langlois l'attend impatiemment.

— J'ai tenté d'en savoir plus sur Stéphanie en consultant sa page Facebook. Je pensais y trouver des détails qui permettraient de savoir si elle avait un petit copain qu'on aurait pu interroger, mais rien là-dessus.

— Quoi d'autre as-tu trouvé ?

— Tu ne devineras jamais. Des tas de messages entre Stéphanie et sa coloc, Carmella Faucher.

Ces deux-là n'arrêtaient pas de se *bitcher* sur les réseaux sociaux!

— À propos de quoi?

— Stéphanie raconte que c'est elle la «donneuse préférée», et pas Carmella. Mais l'autre lui répond qu'elle la déteste, qu'elle devrait arrêter de se vanter, qu'un jour, quelqu'un va lui fermer la trappe pour de bon, des trucs du genre.

— La «donneuse préférée» de quoi?

— Sais pas. Les messages sont courts sur Facebook. Parfois, il faut deviner ou lire entre les lignes. Mais c'est évident que ces deux filles-là se crêpaient le chignon sur les médias sociaux!

Dubuc n'en revient pas.

— Mais elles vivaient ensemble, bout de chandelle!

*　*
*

En fin d'avant-midi, le patron de la SQ se rend à la cantine La Belle Bedaine pour casser la croûte. L'industriel Adrien Boisvert est déjà installé à une table et lui fait signe de le rejoindre.

Cette année, l'usine Autotech Pièces d'auto est le gros commanditaire du Tournoi de golf de la police régionale. Les deux hommes se connaissent depuis l'enfance, ils ont grandi dans la même rue et joué ensemble au hockey. Cependant, Marcel Simard se garde toujours une certaine réserve professionnelle dans ses relations sociales.

Boisvert fait signe au serveur d'apporter deux bières.

— Pas pour moi, Adrien. Je ne bois jamais sur mes heures de bureau.

　　　　　　Le pire vampire

Mais cet homme d'affaires millionnaire, le plus gros employeur de la région, n'a pas l'habitude des refus. Il dépose quand même une bière devant Simard et insiste.

— Prends une petite gorgée au succès de ton gros tournoi dans quelques semaines, monsieur le Président d'honneur !

L'autre sent qu'il n'a pas le choix.

— D'après moi, l'événement va attirer plus de monde que par le passé, dit Simard, pour nourrir la conversation. Avec la générosité de ton usine, on aura plein de prix à remettre aux golfeurs !

— Je comprends donc ! Cinquante mille dollars pour ton tournoi, c'est beaucoup d'argent ! Tu ne trouveras pas d'autres compagnies à Chesterville qui sont prêtes à faire ça !

L'homme d'affaires regarde autour de lui et chuchote du bout des lèvres :

— Entre toi et moi, Marcel, je m'attendrais d'avoir, disons, un certain « retour sur mon investissement », si tu comprends ce que je veux dire…

Le chef de police n'est pas étonné. Dans leur jeunesse, Adrien Boisvert était toujours le plus baveux des deux, celui qui fonçait tête baissée quand il voulait quelque chose.

L'industriel poursuit :

— Moi, j'ai un gros rêve dans ma tête, le savais-tu Marcel ? Je rêve qu'un jour mon fils fasse son cours de comptable agréé à l'université et devienne le patron d'Autotech Pièces d'auto quand le temps sera venu. Mais pour ça, il doit réussir sa dernière année du secondaire et se concentrer sur ses études, sans se faire écœurer par la police, si tu vois ce que je veux dire…

— Écoute, Adrien, ton fils Julius est le principal suspect dans une affaire de meurtre. Ce n'est pas rien. On ne peut pas régler ça comme un *ticket* de vitesse ! Si tu n'étais pas un ami d'enfance, je pourrais te faire arrêter pour tentative de corruption d'un officier de police !

L'autre sourit devant l'évidence.

— Mais tu ne le feras pas, Marcel, parce que t'as besoin de mes 50 000 $ pour ton tournoi de golf. Pour te dire la vérité, Julius n'a pas eu la vie facile ces dernières années. C'est un garçon fragile sur le plan psychologique. Mais ce n'est pas un meurtrier, ça, tu peux me croire !

*　　*

*

Sur les ordres de son patron, Dubuc a convoqué Julius et Me Sirois pour poursuivre son interrogatoire. Dubuc veut surtout savoir en quoi Julius est fragile.

Le garçon est assis dans la salle d'interrogatoire, accompagné de son avocat. Langlois est derrière la vitre sans tain, dans l'autre pièce.

— En fouillant ton dossier, on a appris que tu avais été impliqué dans un incident criminel à l'âge de quinze ans. Peux-tu le raconter à ta façon ?

Julius regarde son avocat, qui hoche la tête.

— L'affaire, c'est qu'un soir, j'avais « emprunté » un camion de livraison avec un de mes amis. Juste pour avoir du *fun* ! On a conduit en pleine campagne loin de Chesterville une partie de la nuit. Vers quatre heures du matin, on a eu un gros accident. La femme dans l'autre auto est

     Le pire vampire

morte. Moi, j'ai été projeté dans le fossé et je suis resté inconscient. Mon ami s'est cassé la jambe et pouvait difficilement marcher. Les secouristes ont mis deux jours avant de nous retrouver. Ensuite, j'ai passé deux semaines dans le coma.

— D'après ton dossier, l'alcool aurait joué un rôle dans l'accident.

Me Sirois intervient.

— Sergent Dubuc, sachez que l'alcool n'a jamais été mentionné dans les accusations criminelles à l'endroit de mon client. Je vous prierais donc de rétracter vos propos! Le juge a seulement tenu compte de la négligence en imposant sa sentence à Julius.

— D'accord. Ensuite, je vois ici que tu as passé deux ans dans un centre jeunesse de Montréal. C'était comment, vivre à cet endroit?

— Vraiment pas *cool*! Surtout les séances de thérapie en groupe. Moi, je n'aime pas me faire contredire, alors ça me mettait vite sur les nerfs! Une fois, j'ai organisé une manifestation à la cafétéria, pour protester contre la mauvaise qualité de la nourriture! dit-il fièrement.

— Je vois aussi que tu as mis le feu à un matelas dans une chambre, ce qui a forcé l'évacuation de tout le centre jeunesse!

— C'était juste pour avoir du *fun*!

— Julius, plus un mot! ordonne son avocat. Sergent Dubuc, je...

— Du calme, maître Sirois, je voulais seulement vérifier si Julius peut devenir violent lorsqu'on le contrarie.

* *
*

Sur l'heure du lunch, Dubuc et Lucien se rendent à l'école secondaire La Sapinière, que fréquentait Stéphanie Nadeau-Labadie. L'institution privée, d'aspect austère avec sa façade de pierres grises d'une autre époque, est construite aux abords d'un boisé près de l'entrée de Chesterville, sur un véritable domaine peuplé de nombreux conifères. Les deux policiers traversent le stationnement et se rendent directement au bureau de Monique Bordeleau.

La directrice les accueille en leur serrant la main. Dubuc l'observe un instant : Mme Bordeleau a le regard vif d'une enseignante de carrière, qui a vite appris à évaluer l'attitude et le comportement de ses étudiants. Ses mèches blondes lui donnent un air plus jeune que la soixantaine qui vient de sonner.

Elle les invite à s'asseoir.

— Il fallait bien le meurtre épouvantable de Stéphanie pour amener la police ici. Notre école est d'ordinaire si tranquille. Que puis-je faire pour vous, messieurs ?

Dubuc lui explique qu'il tente de reconstituer les événements ayant précédé l'assassinat, dans la nuit de mardi à mercredi.

— Est-ce qu'elle avait un comportement normal à l'école ? Est-ce que quelque chose ou quelqu'un l'aurait perturbée ces derniers jours ?

— Vous savez, j'ai eu Stéphanie dans mes cours de français lorsque j'étais encore enseignante. Je me souviens d'elle comme d'une jeune fille assez studieuse. Je dirais même gênée en général, sauf si elle se mettait dans la tête d'obtenir quelque chose, comme le premier rôle dans une pièce de théâtre. Elle pouvait être assez fonceuse. J'ai continué de diriger la troupe de l'école et Stéphanie a tenu des premiers rôles deux années de suite dans mes pièces. Cette année, elle terminait son secondaire en français dans la classe de madame Therrien. C'est une excellente enseignante et une amie à moi. S'il elle avait eu un problème avec Stéphanie, je l'aurais su…

— Est-ce qu'elle avait un petit ami, à votre connaissance ? demande Langlois. On n'a rien trouvé sur Facebook.

— Pas à ce que je sache. Mais c'était une belle grande fille, elle aurait pu être mannequin. Je suis certaine que bien des garçons de l'école lui faisaient de l'œil !

— Au cimetière, on l'a retrouvée portant une longue robe blanche, dit Dubuc. Et sur son cellulaire, Stéphanie avait des photos d'elle habillée en style gothique. Est-ce qu'à l'école elle…

— Absolument pas ! interrompt la directrice. Sachez que l'école secondaire La Sapinière a mis en place un code vestimentaire très strict : veston bleu et pantalon gris pour les garçons, et veston bleu et jupe grise pour les filles. Nous devons malheureusement renvoyer chaque semaine à la maison des élèves qui sont accoutrés comme la chienne à Jacques ! Que voulez-vous, cela fait partie de la discipline de vie que nous leur inculquons ici. Pas question de se promener en jeans troués et le nombril à l'air à La Sapinière ! En revanche, ce que nos élèves font en dehors de l'école, ça les regarde.

Dubuc et Lucien se lèvent pour sortir. L'entretien avec la directrice n'a malheureusement pas permis d'en apprendre beaucoup plus sur les circonstances étranges entourant la mort de

Stéphanie. Dans le corridor, Monique Bordeleau les rattrape…

— Ah, mais j'y pense ! Vous avez mentionné le mot « gothique » tout à l'heure. Vous devriez peut-être parler au professeur d'histoire, Frédéric Champigny. Il a fondé un club à l'école et organise régulièrement des soirées pour les élèves intéressés. À ma connaissance, Stéphanie en faisait partie…

— J'en ai entendu parler, dit Dubuc. Comment s'appelle ce club ?

— La Société de Dracula…

6

En sortant de La Sapinière, Langlois s'arrête brusquement. Il vient d'avoir une idée.

— Je vois plusieurs ados sur la pelouse autour de l'école, certains ont sûrement connu Stéphanie. Je vais aller leur parler. Va luncher en face, Roméo, je te rejoins dans cinq minutes.

Affamé, Dubuc trouve l'idée excellente et traverse la rue pour casser la croûte à la cantine Chez Ludger. Pendant ce temps, Langlois s'approche d'un garçon rouquin qui semble avoir l'âge de la victime. Il est assis sur une marche et son pied tape la mesure. Le détective devine qu'il écoute de la musique.

Après s'être identifié, il demande :

— Tu la connaissais, toi, Stéphanie Nadeau-Labadie ?

Le garçon tire sur un fil et arrache les mini-écouteurs de ses oreilles. Il a compris la question.

— Pas vraiment, mais Steph était dans mes cours d'art dramatique l'année passée. La prof nous demandait d'aller lire du classique devant la classe. Les autres étaient plates, mais elle était super bonne…

— C'était qui, sa meilleure amie ?

L'adolescent hausse les épaules.

— Personne, je pense. Steph était une fille renfermée dans sa coquille. Sauf quand elle faisait du théâtre, comme je t'ai dit tantôt.

— Est-ce qu'elle avait un petit ami ?

— Pas à ma connaissance.

— Et Julius Boisvert, il se tenait avec elle ?

Le rouquin éclate d'un rire débile.

— Juliuuuuus ? Il tournait autour de la belle Stéphanie comme une mouche, mais elle ne voulait rien savoir de lui, zéro pantoute !

Le jeune homme remet ses mini-écouteurs dans ses oreilles, pour indiquer au policier que son interrogatoire est terminé.

*   *
*

Langlois traverse la rue et rejoint Dubuc, au moment où celui-ci s'apprête à se décrocher la mâchoire pour y laisser entrer un gigantesque hamburger.

— C'est le « Géant du Gérant » cette semaine ! dit-il pour excuser sa gourmandise. La soupe aux pois en entrée, un hamburger avec trois boulettes, des rondelles d'oignons frits, des frites avec sauce barbecue, et leur fameux pouding chômeur pour dessert ! Tout ça pour seulement 13,95 $! Écoute, Lulu, c'est pratiquement gratisse !

Fidèle à son habitude, Langlois, végétarien dans l'âme, s'apprête à critiquer les choix alimentaires discutables de son collègue. Dubuc le devine et fait dévier la conversation.

— Tiens, j'ai ramassé une copie du journal étudiant *Le Cabochon* en sortant de l'école. C'est celui dans lequel écrit Julius. À la page 3, il y a justement une photo de ce prof d'histoire, Frédéric Champigny, celui qui a fondé La Société de Dracula. Regarde-moi ça : visage très pâle, sourcils épais se rejoignant au milieu, cheveux noirs lissés vers l'arrière, veston et cravate noirs… Brrrrrrrrrrrrrr ! Monsieur a la gueule de l'emploi, comme on dit ! Il lui manque juste une belle cape noire pour s'envoler la nuit comme une chauve-souris… Houhouhou !

Pendant que Dubuc éclate de rire, Langlois lui donne un coup de coude discret : au fond de la salle, un homme en train de manger une salade verte aux artichauts correspond assez fidèlement à cette description. Les deux détectives s'en approchent et Frédéric Champigny leur confirme son identité. Après s'être nommés à leur tour en montrant leur badge, ils demandent de s'asseoir à sa table.

— Monsieur Champigny, on voulait vous rencontrer à l'école, mais on peut très bien jaser ici. Nous enquêtons sur la mort tragique de Stéphanie Nadeau-Labadie. On nous a dit que vous avez fondé un club gothique appelé La Société de Dracula. À cause de certains éléments étranges, un peu « vampiriques » même, entourant le crime, nous voudrions en savoir plus, surtout que la victime faisait partie de votre club, d'après nos informations.

Le professeur Champigny repousse son assiette vide et s'essuie les lèvres avec sa serviette. Le coude posé sur la table, il appuie son menton sur son poing pour réfléchir. Il pince les lèvres avant de répondre aux deux policiers.

– Quelle histoire épouvantable ! Toute La Sapinière est virée à l'envers par la mort de Stéphanie, vous vous en doutez bien. Surtout dans des circonstances aussi mystérieuses et avec des « éléments vampiriques », comme vous dites. La Direction a fait venir des psychologues pour parler aux élèves, car certains sont très bouleversés.

– Stéphanie a suivi vos cours ?

– Oui. J'enseigne l'histoire au secondaire et il y a deux ans, j'ai mis au programme la période victorienne, allant de 1835 à 1900 environ. Ces années-là ont marqué l'apogée de la révolution industrielle en Angleterre. Mais c'est surtout la sous-culture « gothique » de cette époque, avec ses histoires de vampires, qui a vraiment accroché mes élèves. Saviez-vous que le vampirisme a pris naissance surtout au 19e siècle ? Dans ce temps-là, les gens n'étaient pas capables d'expliquer, de façon rationnelle, les phénomènes bizarres qui surviennent quand un cadavre se décompose dans sa tombe.

– Quel genre de « phénomènes » ? demande Dubuc.

– Eh bien, il faut savoir qu'à l'époque, on enterrait les morts sans les embaumer. Avec le temps, le corps en décomposition dans le cercueil se gonflait et pouvait produire un genre de gémissement qui laissait croire qu'un être humain avait été enseveli vivant !

– Le mythe du vampire vient de la croyance que l'on enterrait des personnes encore en vie ?

– Exactement, monsieur Dubuc, sans compter que, si on déterrait le cercueil pour vérifier, on pouvait constater que la peau du cadavre avait commencé à ratatiner, ce qui donnait l'impression que les ongles, les cheveux et la barbe, eux, continuaient de pousser quand même après la mort! Alors là, les gens devenaient vraiment terrifiés!

— Ils croyaient que c'étaient des revenants?

— Eh oui, et dans la croyance populaire, il est devenu évident que ces morts-vivants, ces «vampires» comme on les appelait, devaient se nourrir du sang de personnes vivantes pour en tirer la force vitale leur permettant de survivre, de refaire le plein d'énergie et de rester immortels. Ensuite, la légende et le cinéma d'Hollywood ont fait le reste pour dramatiser et frapper l'imagination : le vampire qui plante ses crocs dans le cou de sa victime pour boire son sang, qui sort de son cercueil la nuit pour éviter la lumière, qui ne supporte pas l'ail et la vue du crucifix, des trucs du genre...

*　　*

*

Manon Pouliot est à l'atelier de montage du *Progrès de Chesterville*. En ce début d'après-midi de vendredi, plusieurs pages sont déjà prêtes pour la publication de l'hebdomadaire le mardi suivant, mais la journaliste doit encore décider de la couverture. Elle en discute avec la graphiste qui s'affaire à cette tâche.

Son téléphone sonne. Elle s'interrompt pour prendre l'appel. Le ton de son interlocuteur est nasillard, comme s'il se pinçait le nez en parlant.

— Madame Pouliot, ici l'avocat de Julius Boisvert.

Manon pousse un soupir. Elle reconnaît Me Sirois. En fait, elle connaît tous les avocats criminalistes dans la région, mais celui-ci est dans une catégorie à part : le genre « pitbull », prêt à mordre n'importe qui et à ne jamais lâcher prise !

Plutôt que de s'énerver, elle demande :

— Qu'est-ce que je peux faire pour vous ?

— Eh bien, ceci est tout simplement un coup de fil « amical », madame Pouliot. J'agis dans l'intérêt de mon client et je vous demande bien amicalement de ne publier aucune information à son sujet, en lien avec l'enquête sur la mort de Stéphanie Nadeau-Labadie, car il...

Manon l'interrompt sèchement.

— Sachez que Julius Boisvert est considéré par la police comme une « personne d'intérêt » dans cette enquête. Il était sur les lieux du meurtre et il n'a pas vraiment réussi à expliquer ce qu'il faisait à l'heure du crime. Alors, vous ne m'empêcherez certainement pas d'en parler dans le journal !

Sa réplique est suivie d'un long silence de l'avocat.

— Vous êtes toujours là ?

— Bien sûr, bien sûr...

Manon baisse le ton.

— Écoutez, il n'est pas question d'accuser Julius Boisvert de meurtre dans le journal, mais de simplement présenter les faits. Vous savez comme moi que, dans les régions rurales comme la nôtre, l'information n'est pas aussi abondante que dans les grandes villes. Alors, c'est d'autant plus important qu'un hebdomadaire comme *Le Progrès de Chesterville* informe adéquatement ses lecteurs. Je suis certaine que vous êtes en faveur de la liberté de presse régionale, n'est-ce pas, maître Sirois ?

   Le pire vampire

— Évidemment, madame Pouliot. Tout le monde est pour la vertu et je vous félicite de votre ardeur à défendre vos droits journalistiques ! Cependant, saviez-vous que parmi mes nombreuses fonctions, je siège aussi au conseil d'administration du groupe PMG, Publications Médias Régionaux. Ça vous dit quelque chose ?

— Évidemment, rétorque-t-elle à son tour. Le groupe PMG est propriétaire du journal où je travaille et d'une quinzaine d'autres hebdomadaires dans la province.

— Très juste ! Alors, vous comprenez qu'à titre d'administrateur consciencieux, je dois évidemment m'assurer que nos journalistes locaux respectent l'éthique professionnelle. Bref, qu'ils ne publient pas de nouvelles à sensation et non prouvées, comme vous vous apprêtez à le faire pour mon client, susceptibles d'avoir des conséquences désastreuses pour tout le monde. Je suis certain que vous comprenez mon point de vue, n'est-ce pas, chère madame Pouliot ?

Manon retient la colère qui l'envahit face aux menaces à peine voilées de l'avocat.

— Maître Sirois, vous savez très bien que l'industriel Adrien Boisvert est l'un des cinq principaux actionnaires du journal. Croyez-vous que ça lui donne le droit d'envoyer son avocat menacer une journaliste qui enquête sur la culpabilité éventuelle de son fils dans une histoire de meurtre ?

Manon raccroche brusquement. Elle sait que Me Sirois pourrait lui faire payer cher cette mise au point.

L'instant d'après, elle aligne sur la table les deux reportages de la semaine qui pourraient mériter la une du *Progrès de Chesterville* mardi prochain : l'ouverture d'un nouveau centre de soins pour les personnes âgées ou... le suspect dans le meurtre « vampirique » de Stéphanie Nadeau-Labadie.

*   *
*

À la cantine Chez Ludger, Langlois tente de ramener l'exposé du professeur Champigny à l'enquête.

— Vous disiez tantôt que vos élèves voulaient en savoir plus sur le « vampirisme » dans vos cours d'histoire ?

— En effet. À ma grande surprise, les jeunes sont fascinés par cette époque gothique axée sur la communication avec les morts, les événements surnaturels et la démence. Vous savez, l'adolescence est une période de curiosité et de découverte et tout cela était très nouveau pour eux. Alors, pour maintenir leur l'intérêt, j'ai pris l'initiative de fonder un club, La Société de Dracula, qui est vite devenu populaire. D'ailleurs, nous organisons régulièrement des soirées de « vampirisme social » où tout le monde s'amuse beaucoup !

— De « vampirisme social » ? répète Dubuc, intrigué.

Le professeur tend sa tasse vide à la jeune serveuse qui s'est approchée, cafetière en main. Il répond :

— Eh bien, je dirais que, contrairement aux « méchants vampires » que vous voyez au cinéma, le « vampirisme social » est en réalité un style de vie moderne et alternatif, plutôt inoffensif.

Au jour le jour, ses adeptes font évidemment tourner les têtes, car ils s'habillent d'une façon « gothique » qui les démarque des autres jeunes de leur âge. Ils ont effectivement un petit *look* vampirique. Par exemple, leurs vêtements, leurs cheveux, leurs ongles et leurs lèvres sont noirs et les traits de leur visage sont très blancs et relevés par du maquillage spécial.

— Vous dites que le « vampirisme social » est sans danger ? fait Lucien, sans trop y croire.

— Absolument. Nos soirées regroupent une quinzaine d'élèves. Tous ont évidemment une allure punk et plusieurs sont habillés de cuir. Certains membres portent des verres de contact rouges, d'autres des dentiers aux canines effilées. Quelques élèves passent la soirée en position allongée dans des cercueils ou boivent du jus de tomate comme si c'était du sang. Nous faisons la lecture à voix haute des récits horrifiants d'Edgar Allan Poe ou visionnons un film d'épouvante. D'aucuns trouveront que tout cela fait un peu « cucul », mais je vous le répète, messieurs, La Société de Dracula est un groupe tout à fait inoffensif...

Dubuc bondit comme un ressort.

— Inoffensif ? Eh bien moi, professeur Champigny, j'ai comme l'impression qu'un de vos vampires sociaux, soi-disant « inoffensifs », s'est tanné de boire du jus de tomate et a décidé de goûter à du vrai sang... celui de Stéphanie !

7

À peine sortis de leur rencontre avec le professeur Champigny, Langlois se retourne vers son collègue d'un air furieux :

– C'était quoi, ça ?

– Ça quoi ?

– Ton accusation gratuite que « les vampires sociaux inoffensifs ont remplacé le jus de tomate par le sang de Stéphanie » ! As-tu perdu la boule ? Roméo, on n'a absolument aucune preuve que c'est un membre de La Société de Dracula qui a commis le meurtre !

Dubuc éclate de rire.

– Je le sais bien, bout de chandelle ! Mais il fallait improviser pour forcer le prof Champigny à nous inviter à l'une de ses soirées vampiriques afin d'observer ça de nos propres yeux. On verra bien si mon petit stratagème fonctionne...

– En tout cas, reprend Langlois, je pense que...

Mais Dubuc ne l'écoute plus. En s'approchant du poste de police de Chesterville, les deux détectives voient soudain une camionnette d'un jaune flamboyant les pourchasser jusque dans le stationnement, derrière l'édifice. Lorsqu'ils sortent de la voiture, le conducteur qu'ils ne connaissent pas court dans leur direction.

– C'est vous le sergent Dubuc ? crie un jeune homme essoufflé. Je suis Sylvain Bibeau, l'animateur de l'émission du midi « Le micro à Bibeau » à la station CFRC, le nouveau FM super branché de Chesterville. Avez-vous des commentaires sur la mort étrange de Stéphanie Nadeau-Labadie ? Sur les traces de morsure humaine dans le cou ? Il paraît qu'un tueur fou court présentement les rues de notre ville ? Avez-vous des suspects ?

Peu habitué à être ainsi harcelé par la presse, Dubuc s'arrête net et fixe d'un air irrité celui qui lui a flanqué son micro dans les poils du nez. Dans la trentaine, son poursuivant a les cheveux roux en broussaille, la cravate desserrée et semble terriblement nerveux.

– Un tueur fou ? À l'heure actuelle, tout ce qu'on sait, c'est qu'un animateur de radio fou court présentement les rues de Chesterville. Et s'il continue, il pourrait bientôt avoir des traces de morsure humaine dans le cou !

– Voyons donc, monsieur Dubuc ! Ça ne sert à rien de vous mettre la tête dans le sable et de jouer à l'autruche ! Vous avez un meurtre « extraordinaire » sur les bras ! Chesterville est peut-être même en train de devenir la « Cité des vampires » ! Tiens, je devrais vous inviter comme « VIP » à mon émission pour en parler !

– Écoute-moi bien, Bibeau : une jeune fille est morte de façon dramatique et la police essaie de comprendre ce qui s'est passé. Je précise qu'aucun élément sérieux de l'enquête ne laisse croire présentement à un meurtre vampirique, comme tu le suggères !

— Et le jeune Julius Boisvert, c'est votre principal suspect à l'heure actuelle ? Pourtant, vous n'avez que des preuves circonstancielles contre lui, monsieur Dubuc.

Mal à l'aise, Dubuc toussote à quelques reprises avant de répondre.

— En effet, on sait que Julius était sur les lieux du meurtre, mais l'enquête n'a pas encore permis de l'accuser directement.

— Ça n'explique pas pourquoi vous vous acharnez sur le fils de l'un des plus gros employeurs de la région, un homme d'affaires dynamique qui contribue à l'économie et à créer des centaines d'emplois, et que...

Dubuc a levé les bras en l'air pour indiquer qu'il en a ras-le-bol des provocations de ce journaliste. Il se retourne et pousse brusquement Langlois vers la porte du poste de la SQ.

*　*
*

Les deux policiers sont étonnés de voir que Manon les attend au bureau. Elle semble avoir perdu son ardeur journalistique. Dubuc la connaît assez pour savoir qu'elle est profondément troublée. Elle s'assoit et tente de conserver son aplomb.

— Ce midi, j'ai reçu un appel de maître Sirois. Il m'a ouvertement demandé de ne publier aucune information pouvant incriminer Julius dans l'édition de mardi prochain.

— Ça ne m'étonne pas trop, dit Dubuc. Quand j'ai parlé à Boisvert mercredi midi, j'ai bien senti que notre enquête sur Julius le rendait nerveux. Il négocie apparemment de gros contrats avec

　　　　　　　　　Le pire vampire

un fournisseur de Montréal et veut éviter que l'implication de son fils nuise à ses affaires. Il a certainement ordonné à son avocat de serrer la vis aux journalistes !

— Je le sais bien, mais maître Sirois siège aussi au conseil d'administration du groupe PMG, propriétaire de mon journal. Il m'a laissé entendre que « publier sans preuve aurait des conséquences fâcheuses pour tout le monde ». Autrement dit, si je fais paraître cette histoire, il pourrait me faire congédier !

— Ce n'est pourtant pas ton genre de te laisser intimider, Manon.

En voyant son désarroi, le détective tente de changer de sujet.

— Dis donc, c'est qui ce nouveau journaliste, le dénommé Sylvain Bibeau ? Un grand garçon aux cheveux roux avec des taches de moutarde sur sa cravate. Il me courait après dans le stationnement pour faire une entrevue ce midi. Tout un numéro, celui-là !

Manon se ressaisit et semble sortir de sa bulle.

— Ah, il travaille pour la nouvelle station de radio FM et se fait valoir en interviewant les gens, dans une sorte de ligne ouverte déguisée en émission d'affaires publiques du midi « Le micro à Bibeau ».

— Il était super nerveux. Est-ce qu'il commence dans le métier ?

Cette fois, Manon éclate de rire, ce qui étonne Dubuc.

— Pas vraiment, mais l'ancien journaliste a pris sa retraite et c'est Sylvain qui l'a remplacé. Il travaillait déjà pour une émission de radio poubelle à Québec. C'est un animateur très tenace, vous allez voir. Quand il tient un os, il ne lâche pas prise facilement. Personnellement, je trouve ses méthodes discutables…

* *
*

Le patron de la SQ a reçu de mauvaises nouvelles ce matin. Une lettre recommandée l'a en effet informé que « la compagnie Autotech Pièces d'auto n'est malheureusement plus en mesure de verser les 50 000 $ prévus pour commanditer le Tournoi de golf de la police régionale, en raison de difficultés financières survenues ces dernières semaines ».

Marcel Simard n'est pas dupe. Il sait très bien qu'en voyant l'enquête se poursuivre, Adrien Boisvert a mis ses menaces à exécution et annulé sa grosse commandite. La déprime s'empare de lui, car son ami d'enfance n'a pas l'habitude de changer d'idée lorsque sa décision est prise.

Simard allonge le cou dans le corridor.

– Psssssst, Dubuc! Dans mon bureau!

Le détective accourt.

– Écoute, mon vieux, vas-y mollo avec l'enquête sur Julius. On s'entend?

– Mais patron, je…

– Je te le demande, es-tu sourd?

Dubuc ressort du bureau, franchement surpris de l'attitude de son patron.

* *
*

                    Le pire vampire

En milieu d'après-midi, Dubuc arrive à la clinique vétérinaire MonPitou. À l'intérieur, une dizaine de clients attendent avec leurs animaux de compagnie, dans une ambiance bruyante. La réceptionniste est au téléphone lorsque Dubuc l'aborde.

— Carmella Faucher ?

— Elle est occupée, dit-elle d'une voix perchée pour dominer les jappements autour d'elle. Si c'est pour récupérer votre animal, je peux demander à sa collègue qui...

Dubuc lui *flashe* son badge de police sous les yeux.

— Sûreté du Québec. Je dois lui parler au sujet d'une enquête en cours.

La réceptionniste met fin brusquement à son appel et se lève. Dubuc la suit dans une petite salle. Carmella est assise à une table. Le policier est étonné d'y voir le Dr Roberge.

— Oh, je m'excuse de déranger !

Le médecin se lève subitement.

— Non, au contraire, c'est moi qui dois partir. Carmella et moi discutons des procédures post-opératoires pour mon jeune chien, Globule, qui vient de se faire castrer. Je vous contacterai plus tard, Carmella, dit Roberge en sortant de la pièce.

Dubuc pouffe de rire.

— Ça prend bien un docteur pour appeler son chien « Globule » !

Dubuc s'installe à la table. Carmella sort la gomme de sa bouche et la lance dans une poubelle tout près. Pour sa part, le détective l'observe un instant : sous les cheveux noir corbeau, le maquillage exagéré autour des yeux, les *piercings* de la narine et de la lèvre, il devine une histoire de vie probablement assez triste pour cette jeune femme à peine sortie de l'adolescence et devenue mère monoparentale.

— Je savais que vous voudriez encore me parler de Steph, dit-elle, pour briser la tension palpable.

— Pourquoi ? Tu te sens coupable ?

— Pantoute ! Je vous l'ai dit l'autre jour : Steph est arrivée chez nous il y a deux ans avec ses valises et elle n'est jamais repartie. Vous ne trouvez pas que c'est de l'amitié, ça ?

— Pourtant, mon collègue a remarqué que, sur les médias sociaux, Stéphanie et toi passiez votre temps à vous détester en public. Des messages qui disaient que Stéphanie était une meilleure « donneuse » que toi, des trucs du genre. En passant, c'est quoi au juste cette affaire de « donneuse » ?

Carmella a baissé la tête. Elle se demande quoi répondre à ce gros bonhomme, un détective en plus, qui a presque trois fois son âge !

— Bof, vous ne pourriez pas comprendre. C'était une affaire entre Steph et moi. Je sais qu'on s'écœurait solide sur Facebook, mais c'était juste pour faire un *show*.

— Un *show* ?

— Ben oui. Sur Facebook, on se *bitchait* comme deux folles, mais on avait plein d'amis qui faisaient des commentaires débiles après sur nos chicanes ! On trouvait ça super *cool* de les faire réagir de même !

Dubuc se gratte l'oreille.

— Tu dis que vous étiez en chicane sur Facebook, mais pas « vraiment » en chicane ? C'est ça ?

— Oui. En réalité, on était comme deux sœurs, je vous l'ai dit l'autre jour. Vous n'avez pas compris ?

*　　*

*

En fin d'avant-midi le mardi suivant, la cloche de l'école La Sapinière vient de sonner, indiquant l'arrêt des cours pour l'heure du dîner. Des centaines d'élèves s'engouffrent en même temps dans les corridors vers l'escalier, en direction des vestiaires et de la cafétéria. Julius Boisvert marche parmi eux comme un zombie. C'est la première journée de son retour en classe depuis la mort de Stéphanie, il y a une semaine. Il remarque que d'autres élèves qu'il connaît bien semblent maintenant faire un détour pour éviter de le croiser. Personne ne lui a parlé depuis le matin.

Julius se rend à la salle des cases. Mais au moment où il glisse la clé dans son cadenas, la directrice vient vers lui, accompagnée du gardien de sécurité de l'école, Mike Murphy.

— Un instant, Julius! Nous avons reçu une information anonyme voulant que tu cacherais de la drogue dans ta case. Si c'est le cas, je te demande de me la remettre immédiatement!

— Quoi? Mais… Madame Bordeleau. Je n'ai rien caché nulle part, je vous le jure!

— Si c'est le cas, tu n'auras pas d'objection à l'ouvrir, ta case, n'est-ce pas? Mike va la fouiller.

Julius s'écarte. Le gardien de sécurité a enfilé des gants en latex. Il s'approche et déplace lentement les divers objets : une raquette de tennis Wilson, des balles, un chandail de soccer, un gant de baseball Rawlings, une canette de Coke diète. Sur la tablette du haut : deux manuels d'histoire, une casquette Nike, et tout au fond… un petit sac transparent… contenant de la poudre blanche.

Le gardien ouvre le sac, y plonge un doigt et le porte à ses lèvres. Puis, il confirme sa découverte par un signe de tête positif à Mme Bordeleau.

— Julius, je suis très déçue de toi ! Très déçue ! Tu connais notre politique de « tolérance zéro ». Tu es suspendu indéfiniment de l'école La Sapinière et tu devras…

Mais Julius ne l'écoute pas. Derrière la directrice, Mike Murphy le regarde maintenant en souriant comme un débile. Tout son corps d'adulte obèse est emprisonné dans une énorme masse de graisse et de muscles. Ses deux petits yeux noirs sont perdus dans des bourrelets de chair rose qui font penser à un bébé trop nourri. Murphy se sert souvent de sa corpulence pour intimider les élèves, mais Julius s'en fout. Il serre les poings et s'élance sur lui en hurlant. Tous deux roulent ensemble au sol dans le corridor.

*　*

*

Manon est assise à son bureau et regarde avec satisfaction la une de son journal qui vient à peine d'être publié. Le titre de l'article « Meurtre à caractère vampirique à Chesterville » présente un reportage sobre, mais qui identifie Julius Boisvert comme le principal suspect dans l'affaire Stéphanie Nadeau-Labadie. Son téléphone sonne. Elle reconnaît sans peine la voix nasillarde au bout du fil.

— Madame Pouliot, ici maître Sirois. Depuis notre dernière conversation, je constate que vous n'avez pas tenu compte de ma mise en garde. Dans l'édition de ce matin, vous avez fait la manchette avec cette histoire de meurtre vampirique, en citant mon client comme principal suspect. Je vous avais pourtant prévenue, madame Pouliot !

Malheureusement pour lui, Manon n'est pas d'humeur à se laisser mettre en boîte par cet avocat influent qui tente de l'intimider, voire de la menacer de lui faire perdre son emploi.

— Écoutez, maître Sirois. Si vous avez lu mon reportage, vous savez qu'il était assez équilibré. Je n'ai émis aucune opinion. J'ai seulement rapporté les faits qui sont dans le rapport de police. D'ailleurs, si vous aviez un argument vraiment solide pour me clouer le bec, vous ne seriez pas au téléphone en train de me menacer. Vous seriez ici, au journal, dans le bureau de mon patron, et je serais déjà au chômage ! J'ai plutôt l'impression que votre client, Adrien Boisvert, vous a demandé de mettre de la pression sur les médias de la région pour sauver la réputation de sa compagnie et éviter que son fils Julius ne soit mêlé à cette « histoire vampirique ». Voilà ce que je pense, maître Sirois !

Sur ce, Manon raccroche brusquement, laissant l'avocat sidéré au bout du fil.

* *

*

Vers vingt heures, ce mercredi-là, Dubuc et Langlois se rendent à l'école La Sapinière, où le professeur Champigny organise ses soirées regroupant une quinzaine d'étudiants membres de La Société de Dracula. Comme l'avait prévu Dubuc après sa rencontre de vendredi, Frédéric Champigny l'a contacté hier pour l'inviter à venir constater de ses propres yeux à quel point son groupe est « inoffensif ».

— Qu'est-ce qu'on vient faire ici au juste, Roméo ?

— Tenter de parler avec certains élèves. Bout de chandelle, quelqu'un ici doit savoir quelque chose sur la mort de Stéphanie, j'en suis certain. Elle faisait partie de ce groupe. Est-ce qu'elle s'était fait des amis ? Des ennemis ?

En voyant le professeur arriver à l'heure prévue, les deux détectives le rejoignent, mais le reconnaissent à peine. Son accoutrement leur rappelle Julius Boisvert lorsqu'ils l'ont retrouvé le lendemain matin du meurtre : vêtu de cuir noir et d'une longue cape, Frédéric Champigny a le visage poudré de blanc pour imiter la pâleur de la mort, les lèvres et les ongles noirs, les yeux teintés de rouge par des lentilles pour donner l'illusion qu'ils sont injectés de sang...

— Suivez-moi, messieurs... dit-il, sur un ton très solennel.

L'enseignant les guide au sous-sol de l'école, le long d'un corridor baigné par la demi-obscurité du début de soirée. Ils passent près du gymnase, puis de la salle des fournaises. Tout au fond, une ancienne pièce sans fenêtres qui devait servir de conciergerie a été transformée pour l'occasion : les murs sont tapissés de draps noirs et plusieurs chandeliers ont été disposés dans la pièce.

— Célébrez-vous des « messes vampiriques » ? demande Dubuc, avec curiosité.

— Jamais, car cela ne fait pas partie de nos rituels. Cependant, nous avons installé un autel, vous verrez, pour simuler un décor.

Dubuc et Langlois observent les participants qui circulent autour d'eux dans la salle sans leur prêter attention. La lumière rouge est tamisée, ce qui assure une forme d'anonymat et crée une ambiance surréelle. Plusieurs filles sont habillées en dominatrices sadomasochistes, dans une tenue de cuir noir, complétée par des bas résille, les cheveux crêpés, les lèvres rouges pulpeuses. Elles ont même un fouet à la main. Les garçons sont, pour leur part, vêtus de cuir noir ou de longues capes, portent de fausses dents et ont le visage poudré comme celui de Julius. Plusieurs arborent aussi des *piercings* et des tatouages. Tous semblent très fiers d'étaler publiquement leur allure et leurs costumes gothiques.

Le professeur Champigny salue les participants de la main.

— Étant donné que j'enseigne la période gothique, je demande à mes vampires de s'habiller de façon classique et de porter l'attirail de l'époque, comme le maquillage blanc, les fausses dents en plastique et les ongles noirs. Vous ne trouverez pas ici de vampires « modernes » et super *sexy*, comme dans la série télévisée *True Blood*.

Frédéric Champigny pointe du doigt un participant.

— Les accessoires sont très importants. Ce garçon porte une bague ornée d'un rubis rouge sang, une pierre qui symbolise la puissance vampirique !

Tout au fond de la pièce, un cercueil est installé sur « l'autel vampirique », entouré de reliques funéraires : des crânes, des dents humaines, des touffes de cheveux, des couronnes de perles. Un adolescent fait le mort, allongé dans la tombe, pendant qu'un autre prend une série de photos.

Une participante, un liquide rouge dégoulinant au coin des lèvres, s'approche langoureusement de Dubuc et se colle sur lui.

— Monsieuuuuur, voulez-vous boire un peu de saaaaaang ? demande-t-elle, en lui tendant une coupe en métal gris de style médiéval.

Dubuc renifle rapidement. C'est du jus de tomate...

— Tu la connaissais, toi, Stéphanie Nadeau-Labadie ?

— Ouais, on était ensemble dans le cours d'histoire. Mais elle ne venait plus vraiment ici depuis qu'elle s'était amourachée de Prince Richard...

Soudain, Frédéric Champigny tape dans ses mains pour attirer l'attention.

— Chers vampires et chères vampirettes, bienvenue ! Ce soir, nous allons nous rendre au gymnase de l'école pour assister à la projection du célèbre film de Roman Polanski, intitulé *Le Bal des Vampires*. C'est dans dix minutes, alors ne soyez pas en retard !

Dubuc fait signe à Langlois de le rejoindre à l'extérieur de la salle.

— On s'en va. J'en ai assez vu et entendu. Champigny avait raison...

— À propos de quoi ?

— Le meurtrier de Stéphanie n'est pas ici...

8

Au bureau jeudi matin, Dubuc arpente nerveusement les corridors de la SQ à la recherche de Langlois. Il le trouve dans la salle de pause-café.

— Lulu, j'ai eu un appel de Monique Bordeleau, la directrice de l'école La Sapinière. Elle a reçu mardi une information anonyme voulant que Julius cachait de la drogue dans son casier. Quand le gardien de sécurité l'a fouillé, il en a effectivement trouvé.

— Il me semble que Julius avait déjà assez de problèmes avec la mort de Stéphanie !

— Justement, madame Bordeleau m'a dit qu'il avait l'air vraiment surpris quand le gardien a trouvé la drogue.

— Julius a été expulsé ?

— Ouais. L'école a une politique de tolérance zéro. Mais ce n'est pas le pire ! En voyant le gardien rire de ce qui lui arrivait, Julius s'est précipité sur lui. Écoute, Mike Murphy est planté comme un joueur de football ! N'empêche que le petit Julius lui a sacré une méchante raclée et l'autre s'est retrouvé à l'urgence, le nez cassé et deux côtes défoncées !

– Quoi ? Mais Julius est gros comme un cure-dents ! C'est comme si David avait battu Goliath encore une fois !

Le téléphone sonne. C'est Adrien Boisvert. Sa voix est affolée.

– Julius a disparu !

* *

*

Au lunch, Dubuc se rend au service à l'auto du Tim Hortons près du poste de police, pour commander un café deux crèmes, deux sucres, ainsi que deux beignes, puis stationne sa voiture. Son petit festin, riche en sucre et en gras, est cependant interrompu par l'arrivée de Manon Pouliot.

Dubuc ramasse ses affaires sur le siège et lui fait signe de s'asseoir.

– Vous avez entendu parler de ce groupe, La Société de Dracula ?

Le détective hoche nonchalamment la tête, en avalant la moitié d'une « roue de tracteur ».

– Oui, madame. Un petit club social gothique bien inoffensif de La Sapinière, animé par le prof Champigny. J'ai justement assisté hier soir avec Langlois à leur soirée vampirique et je n'ai pas été impressionné du tout ! J'en ai conclu que ce n'est pas chez ces vampires et vampirettes à la noix de coco qu'on va trouver le meurtrier de Stéphanie.

– Peut-être, reconnaît Manon. Mais ça fait deux jours que j'essaie de tirer les vers du nez à des élèves, en me tenant près de la sortie de l'école. J'ai fini par apprendre que Stéphanie faisait « officiellement » partie de La Société de Dracula, mais n'allait plus vraiment aux soirées.

D'après ce qu'on m'a raconté, elle se tenait plutôt avec des vampires *underground* beaucoup plus sanguinaires que ceux de La Société, et dirigés par un certain Prince Richard.

Dubuc tient dans sa main l'autre moitié de sa pâtisserie, qui refuse maintenant d'avancer vers sa bouche.

— Encore lui ? Bout de chandelle, c'est la troisième fois que j'entends prononcer ce nom-là. Son groupe *underground* s'appelle comment ?

Manon hausse les épaules.

— Il n'a aucun nom justement, pour éviter d'attirer l'attention. À l'école, c'est la loi du silence. Dès que j'aborde le sujet, les jeunes deviennent muets. Ils doivent avoir peur de quelque chose… ou de quelqu'un.

Constatant que ces informations ont plongé Dubuc dans ses pensées, Manon en profite pour s'esquiver. Elle sait trop bien qu'elle ne tirera plus aucune information valable du détective dans un tel état de léthargie.

** **

***

À son retour au bureau, Dubuc entend siffler. Il se retourne. Son patron gesticule dans le corridor.

— Psssssst ! Dubuc ! Dans mon bureau !

Pendant que Marcel Simard s'installe, Dubuc jette un coup d'œil aux quelques flacons très en vue devant lui : pilules anti-stress, comprimés contre la constipation, aspirines…

— C'est quoi tes rapports avec la station CFRC, le nouveau FM branché de Chesterville ?

Le principal intéressé hausse les épaules.

— Aucun, jusqu'à ce qu'un reporter se jette sur moi comme une sangsue ! Je ne savais même pas que Bibeau était journaliste à Chesterville. C'est Manon Pouliot qui m'a appris qui il était !

— Écoute, Adrien Boisvert est l'un des actionnaires du journal, mais il est récemment devenu le seul et unique propriétaire de la station FM de Chesterville. Il a engagé Sylvain Bibeau pour être son journaliste vedette et animer l'émission « Le micro à Bibeau ».

— Bibeau travaille pour Adrien Boisvert ? Bout de chandelle ! Ça explique pourquoi il n'arrêtait pas de faire valoir l'innocence de Julius pendant l'entrevue. Tu parles d'une tête de linotte !

— Roméo, je vais te demander d'être super gentil avec Bibeau, correct ? J'ai perdu la commandite du gros Tournoi de golf de la police régionale, alors j'essaie de me réconcilier avec Adrien Boisvert. Je ne voudrais surtout pas qu'il se plaigne partout à Chesterville que le sergent Dubuc s'amuse à botter le cul de son journaliste préféré, on se comprend ?

— Alors quoi ? Tu veux que je lui achète une boîte de chocolats aux cerises Laura Secord pour me faire pardonner ?

— Pas nécessaire, mais arrange-toi donc pour avoir l'air intéressant si jamais il revient t'interviewer.

*   *

*

Carmella Faucher reçoit un appel à la clinique vétérinaire où elle travaille. Elle le prend et reconnaît la voix nerveuse au bout du fil.

— Faudrait se voir tout de suite, peux-tu ?

La jeune femme détourne la tête. Elle murmure :

— Ben là ! C'est mon heure de lunch et je n'ai pas beaucoup de temps. Mais c'est correct, je vais te rejoindre à mon appartement.

Un quart d'heure plus tard, Carmella arrive chez elle. Le garçon déjà assis à la table de cuisine fait des efforts surhumains pour calmer sa nervosité. Chaque geste, chaque parole semble exiger un effort énorme de sa part. Ils sont seuls, car Mme Vigneault garde la petite Philomène pendant la journée.

— T'avais vraiment besoin de me voir, hein ? Pauvre toi ! Viens, on va aller dans la chambre, dit-elle.

Carmella le prend par la main et s'assoit sur le bord du lit. Puis, elle déboutonne sa chemise de travail. Le garçon va dans la salle de bain et revient avec une bouteille. Elle tourne son dos dénudé vers lui, pendant qu'il applique le désinfectant sur le haut de son épaule gauche.

— T'es certaine que ça te tente, Carmella ?

— Ben oui. On est revenus comme avant, hein ? Avant que Stéphanie essaie de me voler ma place...

— Stéphanie n'a jamais volé ta place, elle n'a jamais été la « donneuse » que j'aime le plus !

Carmella le regarde les yeux plissés de plaisir. Ces paroles la réconfortent tellement !

Tout en parlant, il colle ses lèvres sur l'épaule de la jeune fille et fait lentement glisser ses dents supérieures sur la cicatrice déjà rouge de son épaule. Ce mouvement lent et répété fait peu à peu surgir le sang à la surface de la peau. Le garçon s'en abreuve, puis s'essuie les lèves qui dégoulinent du liquide rouge. Quelques instants plus tard, il applique à nouveau le désinfectant et un pansement pour refermer la plaie sur l'épaule de Carmella, qui reboutonne sa chemise de travail et se relève. La saignée n'a duré que quelques minutes.

L'instant d'après, l'attitude du garçon a complètement changé : sa léthargie semble s'être transformée en énergie, son teint est plus rougeaud, sa peau se réchauffe et sa confiance en lui-même est revenue.

— Veux-tu un *lift* jusqu'à ta clinique ? demande-t-il.

— Pas nécessaire. Promets-moi juste que je vais rester la donneuse que t'aimes le plus…

* *

*

En après-midi, Dubuc est assis dans le bureau de la directrice. Il cherche à comprendre la disparition de Julius. A-t-il pris la fuite parce qu'il s'est fait pincer avec de la drogue dans son casier ? Parce qu'il a battu le gardien Mike Murphy ? Parce qu'il est un suspect dans la mort tragique de Stéphanie ?

— Vous savez, Julius avait déjà commis quelques fautes sans gravité par le passé.

— Quel genre de « fautes » ?

Mme Bordeleau lit les quelques notes devant elle, en évitant de regarder le policier.

— Bof, rien de très grave, des conneries d'adolescents. Il avait « emprunté » le vélo d'un autre élève pendant plusieurs jours, et aussi apparemment triché à son examen de maths. C'est tout…

Dubuc la regarde avec intensité.

– Rien de très grave ? Bout de chandelle, votre visage dit tout le contraire, madame Bordeleau ! Racontez-moi la vérité, sinon je vais la découvrir de toute façon.

Démasquée, la directrice se lève brusquement, ouvre le tiroir d'un classeur et en sort le dossier d'évaluation psychologique de Julius Boisvert. Elle déplace rapidement son index sur une page, pour lire le dossier.

– Écoutez, Julius a été impliqué dans une affaire criminelle lorsqu'il avait quinze ans et, ensuite, il a disparu de Chesterville. La majeure partie de son dossier est actuellement scellée par le tribunal, mais je sais qu'il est revenu ici deux ans plus tard pour finir son secondaire à notre école, sur l'insistance de son père. Monsieur Boisvert a d'ailleurs généreusement fait construire une patinoire intérieure pour nos élèves, ce que nous avons accepté avec plaisir. C'est malheureusement tout ce que je peux vous dire, sergent Dubuc.

* *

*

Vers vingt-deux heures, une vieille Plymouth grise se stationne bruyamment derrière un édifice à logements décrépit de l'est de Chesterville, près de l'ancienne voie ferrée. Mike Murphy en sort péniblement en raison de sa corpulence, mais aussi en tenant ses deux côtes cassées. Il monte en clopinant l'escalier qui mène au deuxième étage et tourne la clé dans la serrure. Son retour de la brasserie est accueilli par les jappements excités de Cocotte, sa chienne chihuahua, qui l'attend toujours avec impatience. Le gardien de sécurité à l'école La Sapinière vit seul dans cet appartement minable qui ne compte qu'une minuscule cuisine, un salon étroit et une chambre à coucher.

L'animal n'arrête pas de japper. Il la prend et elle lui lèche affectueusement le visage. Murphy sait que Cocotte a besoin d'aller dehors. Il ouvre la porte arrière qui donne sur un minuscule balcon et elle s'y précipite pour faire ses besoins. La soirée est fraîche et tout est tranquille. Murphy prend une bière dans le réfrigérateur, ouvre un énorme sac de chips BBQ et se laisse lourdement tomber sur le divan devant le téléviseur. Dix minutes plus tard, il coupe le son et tend l'oreille. Aucun jappement. Rien...

— Cocotte ! Viens ici, ma toutoune !

Mike Murphy n'aime pas ça. La dernière fois que c'était arrivé, Cocotte avait pris la fuite pendant deux jours dans la ruelle. Il se lève péniblement, soulève le grand châssis du salon qui donne sur la galerie, puis passe la tête dans l'embrasure pour appeler sa chienne.

Rien.

Soudain, il entend du bruit à sa droite. Au moment où il tourne la tête pour vérifier, quelqu'un surgit de nulle part et rabat fortement le châssis sur son cou à la manière d'une guillotine. Mike Murphy est coincé. Impossible de bouger. Impossible de crier. Il sent les veines de son cou se gonfler de sang sous la pression du lourd châssis qui lui paralyse la nuque. En désespoir de cause et pour tenter de se libérer, il fracasse la vitre avec ses deux poings.

Puis, l'intrus sur le balcon se penche vers lui…

9

Le vendredi matin, Dubuc est attendu par son patron qui le siffle dans le corridor.

— Psssssst! Dubuc! Dans mon bureau!

Le détective s'assoit et constate que Marcel Simard semble profondément troublé.

— C'est encore Adrien Boisvert qui n'arrête pas de me faire chier! Ah, celui-là, je te jure qu'il me fait gagner mon ciel! Alors, ça avance, les recherches pour retrouver son fils? dit-il, en prenant deux comprimés anti-stress. Ça me remettrait dans ses bonnes grâces si on pouvait retrouver Julius!

Dubuc tente de calmer un peu l'agitation de son patron.

— Ça avance, ça avance. On sait que Julius a disparu hier matin, après s'être battu avec le gardien de l'école, mardi midi. J'ai aussi parlé avec la directrice, qui m'a informé un peu sur le passé délinquant de Julius. J'ai appris que...

— *Good!* Alors, continue tes recherches et tiens-moi informé s'il y a du nouveau. Adrien commence sérieusement à me faire chi...

Dubuc prend l'appel qui vient d'entrer sur son portable. C'est Langlois.

                    Le pire vampire

— Viens me rejoindre au 32, rue du Mistral, appartement 202. Le gardien de sécurité de La Sapinière a été assassiné dans son appartement.

* *
*

Dubuc retrouve Langlois dans le corridor de l'édifice à logements. Tout en marchant, ce dernier lui résume sa conversation avec un collègue, les ambulanciers et l'équipe technique.

— D'après ce qu'on sait, Mike Murphy a été vu à la brasserie VerseJoie en début de soirée. Plus tard, il s'est probablement assis devant sa télé. Sa Budweiser à moitié pleine et son sac de chips BBQ sont encore sur la table du salon, ce qui suggère qu'il a été dérangé par un visiteur ou un intrus.

— Qu'est-ce qui s'est passé ici ? demande Dubuc, en entrant dans le petit appartement où règne maintenant une activité policière fébrile.

Le cadavre de Murphy est étendu sur le dos dans le salon. Le détective contemple cette énorme masse de chair sans vie en train de se rigidifier, un phénomène naturel après la mort. D'ici demain, la puanteur s'installera à son tour…

— D'après ce qu'on peut supposer, continue Langlois, Murphy aurait ouvert la fenêtre du salon et passé la tête dehors juste avant de mourir, probablement pour appeler son chien.

— Il avait un chien ? Où est-il ?

— Un voisin a recueilli l'animal. L'équipe technique a trouvé des crottes sur le balcon, juste sous la fenêtre, et une écuelle dans la cuisine. On suppose que, lorsque Murphy a passé la tête dehors pour appeler son chien, le meurtrier attendait sur le balcon et aurait rabattu le châssis ouvert sur le cou de Murphy pour lui coincer la tête, pareil comme une guillotine. Les ambulanciers ont noté des ecchymoses prononcées partout sur la nuque, qui confirment cette hypothèse.

— Et ensuite ?

— Murphy devait être enragé, car il a fracassé la vitre du salon en passant ses deux poings à travers. Il a d'ailleurs du sang et des morceaux de vitre sur les mains. On l'a retrouvé mort étendu sur le tapis du salon, la gorge en sang et il…

— Minute, minute ! interrompt Dubuc en levant la main en l'air. Si Murphy s'est défendu en défonçant la vitre avec ses deux poings, c'est qu'il n'avait vraiment pas l'intention de se laisser assassiner ! Alors, explique-moi comment il s'est retrouvé mort comme ça, étendu sur le dos et mordu à la gorge comme Stéphanie, sans avoir été poignardé ou assommé, et sans aucune trace de lutte !

— Ouais, t'as raison. Peut-être qu'il y avait deux agresseurs qui l'ont immobilisé sur le tapis du salon !

— Non, mon vieux. Si c'était le cas, on verrait des traces de lutte partout. Un gars énorme comme lui devrait être capable de se défendre même contre deux agresseurs ! La table renversée, la bière et le plat de chips sur le tapis, ce serait le fouillis partout dans le salon ! Non, il doit y avoir autre chose qui explique pourquoi Mike Murphy n'a pas lutté davantage.

Dubuc poursuit son raisonnement.

— Et le balcon ? D'après ce que tu m'expliques, Mike Murphy n'a probablement jamais vu venir son agresseur. Des traces de pas dehors ?

— Rien du tout. Il a plu une partie de la nuit, alors c'est peine perdue.

— Bout de chandelle ! C'est quand même un édifice à six logements, quelqu'un doit avoir vu ou entendu quelque chose hier soir. Personne ne se fait quasiment décapiter sans crier à l'aide !

Dubuc est franchement découragé. Il se prend la tête à deux mains.

— Écoute, le meurtre de Stéphanie a eu lieu la nuit dans un cimetière abandonné, en dehors de Chesterville, mais celui de Mike Murphy est survenu en fin de soirée, en pleine ville, dans un édifice de six logements ! Il faut voir la réalité en face, mon vieux : notre tueur à la morsure vampirique devient plus audacieux, il a davantage confiance en ses moyens. Et s'il continue de se croire invincible, il n'est pas près de s'arrêter !

Pour Dubuc, c'est l'insolite qui bascule dans l'horreur. Au fond, c'est peut-être Sylvain Bibeau, cet animateur de radio poubelle, qui a raison. Peut-être que Chesterville est vraiment en train de devenir « La Cité des vampires »…

* *
*

En début de soirée, une automobile roule sur la route 147 en direction de Coaticook. Le ciel est couvert de gros nuages gris et la météo prévoit de la pluie au cours de la nuit. Le conducteur freine sur le bord du chemin en apercevant un pouceux. Il baisse la vitre et l'interpelle :

— Eille, le jeune, tu vas dans quel coin ?

— Tout droit, par là-bas !

L'homme lui fait signe de monter. Il sait très bien que « par là-bas », c'est passé Coaticook en direction de Stanhope et de la frontière avec l'État du Vermont. Les *States*, comme on dit par ici.

— Fais-tu souvent du pouce, le jeune ?

— Non.

— La noirceur tombe de bonne heure. As-tu une place pour rester ?

— Non, mais j'vais m'arranger, pas de problème.

Après quelques minutes, le conducteur lance :

— Ben moi, je commence à avoir soif ! Je dois avoir un p'tit remontant dans ma valise ! dit-il en faisant un clin d'œil complice à l'inconnu à ses côtés. Attends-moi une minute !

Sur ces mots, l'homme arrête son véhicule, sort et ouvre le coffre arrière, d'où il ramène deux canettes de bière. Il en remet une à son passager, prend une gorgée de la sienne puis la place dans le porte-gobelets entre les deux sièges en poussant un gros rot de satisfaction. Ensuite, il redémarre.

— T'as pas l'air d'être sur le piton, le jeune !

— Ben, c'est juste que ça pourrait aller mieux, mettons.

— Ah, c'est tes parents, j'te gage ? Moi aussi quand j'étais jeune, mon père n'arrêtait pas de se défouler sur moi ! Il disait que c'était bon pour me former le caractère !

— Non, c'est pas mes parents…

L'homme semble étonné et prend une autre gorgée de bière.

— Ahhhh ben, ça doit être une fille, d'abord ! Je comprends ce que tu veux dire. C'est compliqué les câlines de filles, hein ?

Tout en parlant, l'homme s'est lentement glissé sur son siège. Sans prévenir, il allonge le bras pour mettre la main sur la cuisse du garçon, qui reste figé comme une statue de sel pendant quelques secondes. Quand l'homme devient plus entreprenant, le jeune se ressaisit soudain : il se débat à coups de poing et tente de s'emparer du volant à deux mains pour prendre le contrôle du véhicule.

— Eille, lâche le volant, mon p'tit morveux ! Tu vas nous tuer tous les deux !

Mais il est trop tard. Le véhicule, devenu fou, a déjà quitté la route de campagne et roule dans une clairière en heurtant les inégalités du terrain, ce qui le fait rebondir dans tous les sens. Pendant que ses deux occupants s'empoignent, l'automobile termine sa course en frappant lourdement un arbre. Le choc est tellement violent que les deux coussins gonflables se déploient en une fraction de seconde.

*　　*

*

En sortant de son cours d'histoire le lundi midi, Frédéric Champigny est étonné de revoir les deux détectives qui l'attendent près de son bureau.

— Je croyais que votre visite à notre petite soirée de mercredi passé vous avait convaincus que La Société de Dracula n'avait rien à voir avec la mort de Stéphanie. Avez-vous changé d'idée ?

— On tient peut-être une autre piste, répond Dubuc. J'entends parler de l'existence d'une autre branche *underground* issue de La Société de Dracula, et celle-là regrouperait des vampires sanguinaires. Pour votre information, la journaliste du *Progrès de Chesterville* s'apprête à révéler que Stéphanie fréquentait ce groupe.

Après avoir regardé prudemment autour de lui, le professeur fait signe aux deux policiers de le suivre. Ils longent une section du corridor avant d'arriver dans un petit local désert. Il ferme la porte et les invite à s'asseoir.

— C'est la salle de photocopie, on sera tranquilles. Écoutez, je vous l'ai déjà dit : j'ai fondé La Société de Dracula il y a environ deux ans pour faire connaître l'histoire de l'époque gothique à mes élèves. Mais depuis six mois environ, je savais que certains participants voulaient aller plus loin que les activités régulières de notre club scolaire.

— Comment ça « plus loin » ? demande Dubuc, intrigué.

— Eh bien, quelques participants ont voulu, comment dire, abandonner nos soirées habituelles pour organiser des activités vampiriques plus « sanguinaires ». Par exemple, certains voulaient que l'on se réunisse au cimetière en pleine nuit pour sacrifier un chat ou un chien et boire son sang. D'autres voulaient assister à l'embaumement d'une personne morte dans un salon funéraire, pour voir comment on vide un cadavre de son sang.

— Avez-vous accepté ?

— Êtes-vous tombé sur la tête ? Je vous l'ai dit : je veux enseigner l'histoire à mes élèves, pas les transformer en tueurs ! Alors, j'ai dit à ces membres que, dorénavant, je ne voulais plus les voir aux soirées de La Société de Dracula !

— Ils ont ensuite formé une cellule secrète ? demande Dubuc.

— Écoutez, je n'en sais pas beaucoup là-dessus. Si Stéphanie Nadeau-Labadie en faisait partie, vous me l'apprenez. Chose certaine, elle ne venait plus vraiment à nos soirées.

— Qui dirige ce groupe clandestin de La Société de Dracula ? Depuis le début de l'enquête, j'entends prononcer le nom d'un certain « Prince Richard ». Vous le connaissez ?

— Évidemment, Richard Turcotte a suivi mon cours d'histoire. Il prétend être la réincarnation d'un vampire sanguinaire appelé « Verango », un prince héritier de Hongrie mort il y a cent dix-sept ans et qui aurait vampirisé des dizaines de villageois. Et à voir ce garçon, il est facile d'en être convaincu. Son regard a une telle intensité qu'il vous pénètre comme un rayon laser ! Il n'a qu'à regarder les gens autour de lui pour les dominer totalement. C'est un don très rare qu'il possède, je vous l'assure. Alors, il n'est pas étonnant que beaucoup d'adolescents de l'école soient attirés par son pouvoir magnétique et envoûtant, presque animal.

Dubuc observe attentivement le professeur pendant qu'il parle. Les signes ne mentent pas : quelques gouttes de sueur perlent sur son front, il cligne rapidement des yeux et sa respiration s'est accélérée.

Champigny a vraiment peur de Prince Richard...

10

En début d'après-midi, Dubuc se rend à son rendez-vous avec le Dr Roberge, à l'Hôpital général de Chesterville. Il aperçoit alors Carmella Faucher qui sort du bureau. Intrigué, il en parle au médecin.

— Carmella est l'une de vos patientes ?

— Euh non, pourquoi cette question ?

— Pour rien. J'enquête sur une affaire et elle est une « personne d'intérêt », comme on dit. C'était la coloc de Stéphanie.

— Ah bon. Je suis très occupé ces jours-ci, alors je lui ai simplement demandé de m'apporter les médicaments nécessaires à mon chien, si elle passait dans le coin.

— C'est vrai, votre jeune chien, Globule, a été opéré récemment.

— En effet. Et alors, votre supplément de fer agit bien, pas trop de faiblesses ? Très bien, alors on va continuer ! Je dois vous laisser, car je suis en retard à ma clinique.

Dubuc sort, un peu estomaqué par l'empressement du médecin. En passant, il entrevoit Carmella, assise dans une salle d'observation. L'infirmière qui s'en occupe est la femme d'un collègue de la Sûreté du Québec. En le voyant passer, elle sort précipitamment et le rattrape au bout du corridor. Elle est visiblement troublée.

— Roméo, je ne suis pas censée vous en parler, mais cette jeune femme a une infection à l'épaule gauche qui semble causée par une morsure humaine répétée. On n'a pas encore les résultats des tests, mais elle doit se faire mordre régulièrement et depuis un certain temps, car la peau n'arrive pas vraiment à se cicatriser.

— Bizarre. Est-ce que Carmella vous a expliqué pourquoi ?

— Quand j'ai posé la question, elle m'a tout simplement dit que pendant qu'elle et son chum s'embrassaient, il devenait parfois « excité » et la mordillait à l'épaule.

— Vous l'avez crue ?

— Écoutez, je voulais seulement vous le dire parce que je sais que vous enquêtez sur deux meurtres impliquant une morsure humaine.

— Carmella est repartie ?

— Pas encore. Nous la gardons en observation pendant quelques heures pour…

Mais déjà, Dubuc s'est précipité vers la salle d'observation à l'autre bout du corridor.

*　*
*

En marchant d'un pas rapide, Dubuc passe devant la salle de bain et s'arrête. Depuis quelques jours, son nouveau dentier lui irrite les gencives. Il le prend afin de le rincer à l'eau chaude dans l'évier. Au même moment, son cellulaire sonne.

— C'est Yvan Charland, de la maison funéraire Charland et fils! dit la voix affolée.

Dubuc pousse un profond soupir. Dans
l'ordre, il déteste les croque-morts, les piqûres
d'abeilles et les sandwichs aux œufs. Malgré tout,
il prend son ton le plus mielleux.

— Que puis-je faire pour vous, monsieur
Charland?

— La tombe de Stéphanie Nadeau-Labadie
est vide!

— Quoi?

Dubuc encaisse le choc en échappant son
dentier sur le plancher de la salle de bain.

— Bout ze zhanzelle! Comment za, le cazavre
a zisparu?

— Je vous répète qu'on a volé le corps de Stéphanie, sergent Dubuc! Elle est morte depuis
presque deux semaines. À la demande de sa
mère, nous avons conservé la dépouille dans un
tiroir frigorifié au sous-sol du salon funéraire, car
madame Nadeau n'arrivait pas à décider si elle
ferait incinérer ou enterrer sa fille. Elle a depuis
choisi d'exposer le corps au salon dans quelques
jours. Malheureusement, ce matin, le cadavre
avait disparu!

— Voyons zonc! Perzonne peut zoler un
zadavre comme un pazuet de zommes!

— Le voleur a brisé cette nuit la vitre du sous-
sol pour entrer, et il est tout simplement ressorti
avec le corps de Stéphanie par la porte arrière
de l'édifice, qui était déverrouillée à mon arrivée
ce matin.

— Avez-zous une caméra de zurveillanze zur
plaze?

　　　　　　　　　　　　Le pire vampire

Le directeur de la maison funéraire Charland et fils pousse un long soupir.

— Non, justement. Voyez-vous, en temps normal, nos cadavres ne disparaissent pas de leurs tombes, monsieur Dubuc! En trente-sept ans de carrière, c'est la première fois que ça arrive… Dites donc, sergent, vous avez un cheveu sur la langue ou quoi?

En remettant son cellulaire dans sa poche, Dubuc sent quelque chose de dur sous son pied…

*   *

*

Dans la petite salle d'observation, Carmella Faucher serre nerveusement un gobelet de café dans ses mains. Elle se lève brusquement en voyant Dubuc entrer.

— Pourquoi l'hôpital me garde icitte? J'ai rien fait!

— Carmella, l'infirmière m'a dit que tu t'es fait mordre à l'épaule jusqu'au sang.

— J'ai expliqué pourquoi. On était en train de s'embrasser pis mon *chum* est devenu, genre, super excité!

— Ouais, c'est possible. Mais l'infirmière a constaté que ce n'était pas la première fois, ni la deuxième, d'ailleurs. Il paraît que tu te fais mordre régulièrement au même endroit…

Dubuc sent que Carmella commence à s'énerver. Elle a écrasé son gobelet de café au point d'en renverser le contenu sur le plancher. Il décide de la pousser un peu…

– Tu sais, ça me semble assez bizarre comme comportement. Il faudrait peut-être que tu consultes un psychologue.

Elle se lève brusquement. Dubuc devine sa rage intérieure d'avoir été ainsi provoquée. Elle assène un violent coup de poing sur la table et se retourne brusquement vers le policier.

– La raison, c'est parce que je suis une « donneuse de sang » régulière pour mon partenaire. Je lui fais *full* confiance. Des fois, il utilise une lame de rasoir pour m'entailler l'épaule, avec des ventouses pour aider le sang à s'écouler lentement. Il fait toujours super attention ! C'est la première fois que j'ai une infection après lui avoir donné du sang.

Dubuc tente de comprendre.

– Tu veux dire que tu te laisses mordre au sang, juste pour faire plaisir à ton partenaire ? Pourquoi tu fais ça ? Tu mets ta santé en danger et tu risques des infections plus graves que celles d'aujourd'hui. Je t'ai vue l'autre jour à ton appartement consoler ta petite Philomène. Tu m'as l'air d'être une bonne maman et ce n'est pas facile d'être monoparentale, je te lève mon chapeau !

Carmella a laissé parler le policier, mais elle conserve un air renfrogné.

– Bon, ça va faire, mettons, les sermons ! Vous saurez que, pour mon partenaire pis moi, c'est comme, genre, une expérience spirituelle. On échange de l'énergie ensemble. On le fait à peu près aux deux semaines maintenant. Vous devriez le voir après qu'il s'est nourri de mon sang. Ce n'est plus la même personne ! Il redevient plein d'énergie, on dirait Superman !

Dubuc fait une grimace.

— Superman ou Dracula ! Il s'appelle comment ton partenaire ?

Carmella reste muette et se replie sur elle-même jusqu'au retour de l'infirmière.

* *
*

Lucien Langlois est à son bureau lorsqu'il entend un brouhaha dans le hall d'entrée. Une réceptionniste vient le trouver.

— Quelqu'un veut voir Roméo, avec des informations importantes pour l'enquête. Peux-tu t'en occuper ?

Langlois se lève et fait signe à cet homme de venir le rejoindre à son bureau. La soixantaine avancée, il semble très nerveux. L'étranger serre sa casquette dans ses mains, ce qui trahit son impatience. Son visage rougeaud porte des éraflures récentes qui ressemblent à celles que pourrait causer un coussin gonflable d'automobile.

— J'ai des informations importantes pour le détective Dubuc !

— Il est absent. Je peux vous aider ?

— Oui, oui. J'ai été attaqué vendredi soir passé par le « vampire de Chesterville » !

Langlois sursaute en entendant ces mots. L'homme précise :

— Vous savez, le jeune qui a disparu après avoir tué et vidé de leur sang deux personnes à Chesterville ! J'ai vu son portrait dans le journal, il est recherché partout ! J'ai failli être sa victime moi aussi !

— Premièrement, on n'a aucune preuve que le jeune dont vous parlez, Julius Boisvert, est le meurtrier dans cette affaire. L'enquête est en cours...

— En tout cas, le p'tit morveux m'a attaqué ! Il faisait du pouce pis moi, le gros cave, je l'ai embarqué ! Il m'a dit qu'il s'en allait aux *States*. On a jasé un peu, ensuite, il a tenté de me mordre au cou pendant que je conduisais ! J'ai paniqué, j'ai perdu le contrôle pis on a frappé un gros arbre dans le champ. Je suis blessé pis mon char neuf est *scrappé* ben raide ! C'est la vérité, pis c'est ça que j'ai raconté à la compagnie d'assurance !

Pour sa part, Langlois est plus intéressé de savoir où se cache maintenant Julius Boisvert que par l'histoire abracadabrante de cet homme, qui rapporte seulement lundi après-midi une agression apparemment survenue trois jours plus tôt. Après avoir noté le lieu de la collision, il le reconduit à la sortie, en indiquant que la police fera un suivi sur sa déclaration.

*   *
*

Manon se présente au bureau de Dubuc. Il sait très bien que l'heure de tombée de son journal approche à grands pas et qu'elle vient fouiner pour trouver des nouvelles de dernière minute.

— Si tu veux savoir qui a tué Mike Murphy, on cherche encore ! lui lance-t-il. Tout ce qu'on sait, c'est que le *modus operandi*, la façon de procéder, rappelle le meurtre de Stéphanie au cimetière. C'est la même personne, aucun doute. Entre-temps, Julius a disparu !

— Vous pensez que c'est lui le meurtrier ?

   Le pire vampire

— Personnellement, j'en doute. Si la police te soupçonne déjà de meurtre, pourquoi risquer d'attirer encore plus l'attention en cachant de la drogue dans ton casier d'école ? Julius est un garçon intelligent, mais très impulsif.

— J'ai su, en jasant avec des collègues au journal, qu'Adrien Boisvert prend très mal l'expulsion de son fils de l'école La Sapinière. Julius va avoir de la difficulté à finir son année scolaire, maintenant qu'il s'est fait mettre dehors. Adrien pense que quelqu'un a voulu se venger de son fils, car il jure que Julius ne touchait pas à la drogue.

— Ce n'est pas bête. Surtout qu'après avoir fouillé l'appartement de Mike Murphy, on a trouvé 10 000 $ en billets de 100 $, cachés au fond d'un tiroir de sa chambre. C'est louche. Est-ce que Murphy aurait reçu cet argent pour « planter » la drogue dans le casier de Julius ?

— Qu'est-ce qui vous fait supposer ça ? demande Manon.

— Eh bien, son emploi de gardien de sécurité à l'école n'est pas payant et Mike Murphy était endetté jusqu'aux oreilles. Pour l'instant, on essaie de savoir d'où provient cette somme et je…

Le chef de police Marcel Simard surgit à l'improviste. Il gesticule nerveusement.

— Psssssst ! Dubuc ! Dans mon bureau !

Le détective soupire en se levant et chuchote à Manon :

— Le patron capote depuis qu'Adrien Boisvert a annulé sa commandite de 50 000 $ pour le tournoi de golf régional, en invoquant que sa compagnie Autotech Pièces d'auto perdait beaucoup d'argent depuis un an ! Marcel est le président d'honneur en plus, imagine ! Ces deux-là sont des amis d'enfance, mais ces temps-ci, j'ai comme l'impression qu'ils se détestent à mort !

Dubuc sort de son bureau, laissant Manon en pleine réflexion alors qu'elle se dirige vers la sortie.

* *

*

En après-midi, Dubuc reçoit un appel. Le ton est rapide et enjoué, comme seuls les animateurs de radio en ont la recette.

— Sergent Dubuc, ici Sylvain Bibeau de l'émission « Le micro à Bibeau », le FM qui planche à Chesterville ! Après le commercial qui joue maintenant, je vais ouvrir votre micro et nous serons en direct. Mon autre invité est Paulo Labrie, du comité des citoyens. On va parler des meurtres vampiriques à Chesterville, d'accord ?

Dubuc n'a ni le temps ni la patience d'écouter l'animateur. Mais il se souvient de l'ordre de son patron, qui lui a demandé de collaborer gentiment.

— Bibeau, laisse-moi te rappeler quand...

— Cheeeeeers auditeurs, nous voici de retour au « Micro à Bibeauuuuu », avec mes deux invités en direct ce midi, j'ai nommé Paulo Labrie, l'infatigable président du comité de citoyens de Chesterville, et le redoutable enquêteur Roméo Dubuc, de la Sûreté du Québec chargé de faire la lumière sur les deux meurtres vampiriques récemment survenus. Première question au sergent Dubuc : Est-ce que Chesterville est en train de devenir « La Cité des Vampires » ?

Dubuc reste silencieux quelques instants. Il sent des cornes lui pousser de chaque côté de la tête et voudrait plutôt raccrocher. Il se contente de casser brusquement le stylo Bic qu'il tient à la main.

— Hein, mais qu'est-ce que vous dites là ? Pas du tout, monsieur Bibeau ! L'enquête est en cours et je pense que...

— Mais vous, Paulo Labrie du comité de citoyens, vous êtes vigilant, vous êtes inquiet, parlez-nous-en ! tranche l'animateur.

— Certain que ça nous fait capoter ben raide ! Aie, ça fait deux cadavres en une couple de semaines à Chesterville, retrouvés avec des morsures de vampire dans le cou ! Pis le monde commence à jaser sérieusement. Les vieux, surtout, ont même peur de sortir faire leur épicerie et...

Dubuc l'interrompt d'un rire nerveux.

— Monsieur Labrie, vous savez comme moi que ça n'existe pas les vampires, sauf au cinéma ! Alors s'il vous plaît, ne répandez pas la panique. Je veux rassurer la population de Chesterville à savoir qu'elle peut dormir sur ses deux oreilles. La police enquête sur le...

— Malheureusement, c'est tout le temps qu'il nous reste ! Chers auditeurs, ici Sylvain Bibeau qui vous dit à demain midi pour une autre émission du « Microoooo à Bibeauuuuu » !

11

Quelques minutes après avoir raccroché, Dubuc voit son patron se ruer dans le corridor. D'après sa posture, ça regarde mal…

— Psssssst! Dubuc! Dans mon bureau!

Le détective avance péniblement, ses souliers aussi lourds que des blocs de ciment. Il se laisse choir dans le fauteuil qui fait face au bureau de Marcel Simard. Il sent une migraine sévère lui serrer la tête comme dans un étau.

— Dubuc, tu n'as rien fait pour rassurer la population pendant l'entrevue! Sylvain te donnait toutes les chances, mais tu n'arrêtais pas de lui couper la parole! En plus, tu as fermé la trappe au président du comité des citoyens! Mon téléphone sonne depuis tantôt, mon ami! Tu peux bien te péter les bretelles et dire que « la population de Chesterville peut dormir sur ses deux oreilles », mais depuis deux semaines, toute la région ne parle que des « meurtres vampiriques » de Chesterville! Ça ne sert à rien de nier la réalité des choses, il va falloir que tu changes d'attitude, mon Roméo! Sinon, je vais trouver quelqu'un qui a l'esprit plus ouvert que toi pour mener l'enquête! On se comprend, mon ami?

— Marcel, je…

Mais déjà le patron s'est levé en pointant la porte du doigt.

*　　*
*

Manon Pouliot s'amène à la dernière minute au bureau de Dubuc. C'est mardi, elle doit boucler son journal dans quelques heures et elle est en panne de nouvelles pour la une. Alors, même une brève conversation sur l'enquête en cours pourrait lui fournir un sujet d'article intéressant. Mais Langlois, qui la croise dans le corridor, la prévient :

— Fais attention, Roméo file un mauvais coton. C'est à cause de cet animateur de radio complètement cinglé. Il a l'impression que l'entrevue de ce midi va nuire à sa réputation et à l'enquête en cours. Le patron vient d'ailleurs de l'engueuler comme du poisson pourri !

Pour toute réponse, Manon continue jusqu'au bureau de Dubuc et se laisse tomber sur une chaise devant lui.

— C'est Bibeau qui vous emmerde ? Je vous avais prévenu l'autre jour. Sylvain fait de la « radio poubelle », il fabrique la nouvelle et dramatise les événements de la vie quotidienne, au point où certains perdent même le sommeil à cause de lui. Malheureusement pour vous, quand il trouve un os, il le ronge jusqu'au bout. C'est ça, sa méthode !

— Ça veut dire quoi ? demande Dubuc, peu enthousiaste.

— Ça veut dire que Bibeau ne va pas lâcher cette histoire de « meurtres vampiriques » tant qu'il peut susciter de l'indignation chez ses auditeurs. Par exemple, je me souviens d'une mère qui avait laissé son bébé seul quelques minutes dans un parc pour aider une femme handicapée à traverser la rue. Quelqu'un a informé Bibeau de cette affaire. Eh bien, il a identifié la mère du bébé en ondes et répété pendant plusieurs jours qu'elle était « trop stupide pour être une maman ! ». Il est comme ça, Sylvain Bibeau. Il fait du sensationnalisme avec rien, il fait pleurer les gens et il détruit leur réputation.

Dubuc l'a écoutée attentivement.

— Mais, vous êtes tous les deux journalistes et êtes censés rapporter les vraies nouvelles, pas les inventer !

* *

*

Dubuc a garé sa voiture près de la clinique vétérinaire MonPitou, située dans un complexe commercial regroupant une dizaine de boutiques. En cette fin d'après-midi, les établissements ferment peu à peu. Soudain, il se redresse sur son siège en voyant sortir l'individu qu'il recherche et qu'il avait remarqué à sa première visite. Il roule lentement jusqu'à sa hauteur le long du trottoir et, après s'être identifié, lui fait signe de monter.

— Que c'est que vous me voulez ? demande rudement le garçon d'une trentaine d'années avec une casquette de baseball noire et plusieurs tatouages sur ses bras dénudés et musclés.

— Des informations. Je t'ai vu à la clinique jeudi passé. Tu travailles avec Carmella Faucher, c'est ça ?

— Ouais, je suis technicien et Carmella est aide-technicienne.

— Peux-tu me parler d'elle ? Comment elle est avec les clients ?

— C'est pas de mes affaires ! dit-il, en ouvrant la porte.

— Je comprends ça. Es-tu le frère de Xavier ?

— Ouais. Pourquoi ?

— Ton frère a accumulé cinq contraventions impayées. Savais-tu qu'on peut suspendre son permis de conduire pour ça ?

Le garçon s'agite sur son siège.

— Eille ! Mon frère est livreur de pizzas. Faites pas ça !

— Alors, parle-moi de Carmella et je m'occupe des contraventions non payées. Est-ce qu'elle a parfois de la visite à la clinique ?

Le garçon tente de réfléchir. Il est conscient que la faveur accordée par le policier exige un effort de concentration de sa part.

— Euh, il y a un gars qui vient la voir de temps en temps, surtout à l'heure du lunch.

— Son nom ?

— Connais pas.

— Il ressemble à quoi ?

— Grand, mince, avec les cheveux noirs longs, quasiment dans le bas du dos. Si vous voulez mon avis, il est assez chiant ! Il regarde tout le monde comme s'il était le roi d'Angleterre ! L'autre jour, je lui ai dit d'attendre dix minutes pour parler à Carmella, mais il m'a répondu que, lui, il n'attendait pas, des conneries de même. Ensuite, ils se sont chicanés. Dans la petite salle où on mange, j'en ai filmé un bout sans qu'ils le sachent. C'était super *cool*, regardez ça !

Le garçon sort son téléphone, met l'application en marche et fait voir à Dubuc la courte scène en question. Effectivement, Carmella et son visiteur se disputent.

— Tu dis que tu ne connais pas son nom ? interroge Dubuc.

— Carmella l'appelait « Prince Richard ».

* *

*

Après avoir quitté la clinique vétérinaire, Dubuc décide de s'arrêter à la cantine Chez Ludger à l'entrée de Chesterville. Pendant qu'il attend sa poutine extra-fromage et extra-sauce BBQ, il reçoit un appel sur son cellulaire. La voix est nerveuse et saccadée…

— Salut, monsieur Dubuc, c'est Julius Boisvert. Eille, j'ai pas tué le gardien de l'école, c'est pas moi, je vous le jure ! Tout le monde pense que, parce que je me suis battu avec Mike Murphy, c'est moi qui…

Le policier s'installe dans une banquette tranquille au fond du restaurant pour discuter en paix avec son principal suspect.

— Minute, minute, Julius, parle moins vite ! Ça regarde mal pour toi encore une fois ! Le meurtre de Murphy a eu lieu jeudi soir passé et Langlois a recueilli le témoignage d'un automobiliste qui prétend t'avoir fait monter sur le pouce et avoir été agressé par toi le lendemain soir. Il disait que tu voulais te rendre aux États-Unis. Moi, si j'avais voulu m'enfuir après avoir tué quelqu'un, c'est exactement ce que j'aurais fait, mon garçon !

Le pire vampire

Désolé, Julius, mais encore une fois, les circonstances jouent contre toi.

– Hein ? Mais je ne me sauvais pas aux États, monsieur Dubuc. J'avais besoin de me vider la tête après ce qui s'était passé. La directrice m'a *flushé* à vie de l'école à cause du sac de drogue dans mon casier. Mais ce n'était même pas à moi, je vous le jure ! Je pourrais vous donner des noms si vous voulez…

– Ouais, en tout cas Julius, tu jures un peu trop souvent à mon goût que t'es innocent. J'ai comme l'impression que tu essaies de me tricoter comme un chandail de laine ! Par exemple, madame Bordeleau m'a raconté que tu avais été impliqué dans une affaire criminelle lorsque tu avais quinze ans. Ton dossier est scellé par le tribunal juvénile, mais la directrice m'a dit que tu étais revenu finir tes études deux ans plus tard à Chesterville, sur l'insistance de ton père. Quel genre de délit avais-tu commis, mon garçon ?

Un long silence suit la question. Julius Boisvert finit par dire :

– L'affaire, c'est qu'un soir j'avais volé un camion de livraison avec mon ami, juste pour avoir du *fun* ! Aux petites heures du matin, on a frappé une auto qui venait en sens inverse, sur une route de campagne près de Sorel. La femme dans l'auto est morte sur le coup et mon ami a été blessé. Mon père a fait des pressions pour me faire quitter la région, sans qu'aucune accusation ne soit portée, même si l'alcool était en cause.

– Pour aller où ?

– J'ai passé deux ans dans un centre jeunesse à Montréal. Ensuite, mon père a tout fait pour que je revienne finir mes études secondaires à La

Sapinière. Il voulait que je devienne comptable pour m'occuper de sa compagnie Autotech Pièces d'auto. Mais madame Bordeleau avait refusé de m'admettre, parce que tout le monde à Chesterville savait que j'étais responsable de l'accident et que ça donnait une mauvaise réputation à sa belle école privée ! Pour la convaincre, mon père a offert de faire construire une patinoire intérieure et elle a accepté. Ça fait que, à cause de mon passé, c'est comme normal que tout le monde pense que j'ai tué Stéphanie et Mike Murphy !

— Écoute, Julius, si tu n'as rien à voir dans la mort de Stéphanie, si tu n'as rien à voir dans la mort de Mike Murphy, si tu n'as pas caché de drogue dans ton casier, alors tu n'as rien à craindre. La meilleure chose à faire, c'est de venir au poste de police. On va s'asseoir ensemble pour discuter et tu pourras… Julius ?… Julius ?…

Le garçon a raccroché.

*   *
*

Dubuc est dans le vieil ascenseur de l'hôpital qui descend lentement en grinçant de façon inquiétante. Il a montré au professeur Champigny la vidéo de la chicane de Carmella avec Prince Richard, et l'enseignant l'a immédiatement identifié. Le temps est venu d'interroger cet individu.

· Rez-de-chaussée. Premier sous-sol. Deuxième sous-sol…

Boum !

L'ascenseur s'immobilise. Dubuc agrippe la porte en grillage qui s'ouvre avec un bruit à faire peur. L'air qu'il respire est lourd et humide.

Devant lui, une pancarte défraîchie indique que le service des archives de l'hôpital est au fond, à droite. Il s'engage dans l'étroit corridor. Sur les murs, quelques photos en noir et blanc des anciens bâtiments de l'hôpital sont presque invisibles en raison de la pénombre.

Tout au fond, Dubuc aperçoit une faible lueur dans un local. Au-dessus de la porte, la pancarte indique « Archives ». Il se présente au comptoir désert, derrière lequel des dizaines d'étagères alignent sagement des milliers de dossiers médicaux. De toute évidence, l'informatique n'a pas encore vraiment fait son chemin jusqu'ici. Le policier attend patiemment cinq minutes. Personne aux alentours. Il touche de son index la clochette posée sur le comptoir. Quelqu'un surgit de derrière l'une des étagères.

Grand et mince, le commis dans la vingtaine domine Dubuc d'une tête. Il porte un t-shirt noir et un jeans. Ses cheveux de jais, très longs et séparés au milieu par une raie, accentuent la pâleur de son visage allongé. Le contour de ses yeux est très foncé, comme rehaussé par du maquillage. Ses lèvres sont très rouges et, lorsqu'il ouvre la bouche pour parler, Dubuc remarque sa mauvaise dentition. Des tatouages bizarres recouvrent ses deux bras. Il porte plusieurs bagues aux doigts. L'œil entraîné du policier constate immédiatement des traces d'automutilation à plusieurs endroits sur ses bras, comme pour Stéphanie. Le garçon s'approche lentement...

— Vous cherchez un dossier ?

— C'est toi, Richard Turcotte, celui qu'on appelle « Prince Richard » ?

— C'est moi.

Dubuc remarque la transformation quasi instantanée qui s'opère chez son interlocuteur. Timide, il y a quelques secondes à peine, ce grand garçon vient de redresser la tête en entendant prononcer « Prince Richard » et regarde maintenant Dubuc d'un air hautain. Ses yeux très noirs semblent le transpercer comme une flèche pour deviner ses pensées.

Le policier sort son badge pour s'identifier.

— J'enquête sur la mort de Stéphanie Nadeau-Labadie et du gardien de l'école, Mike Murphy. Leurs meurtres ont démontré la présence d'éléments vampiriques. On a vérifié auprès des jeunes de La Société de Dracula, mais j'ai aussi appris que tu diriges apparemment un groupe clandestin et sanguinaire de La Société, que Stéphanie fréquentait. Vos pratiques incluent des rituels plus troublants, comme boire le sang d'un animal en pleine nuit dans un cimetière. C'est vrai ça ?

Contre toute attente, Prince Richard ne nie rien, mais semble plutôt contrarié que le policier soit au courant des activités des adeptes de son groupe.

Dubuc précise.

— Sois tranquille, personne n'a placoté. J'ai obtenu ces informations du professeur Champigny. Stéphanie en faisait partie, n'est-ce pas ?

Le garçon plisse les yeux de plaisir à la simple mention de ce prénom. Il est visiblement excité et passe sa langue sur ses lèvres.

— Ah, Stéphanie. Je l'aimais bien, elle. C'était une fille super sexy en plus !

— Est-ce que c'était ta « donneuse de sang » préférée ? Plus que Carmella ?

Prince Richard a croisé les bras.

– Je ne sais pas de quoi vous parlez !

Dubuc essaie de le pousser plus loin.

– Évidemment. Stéphanie et Carmella se chicanaient sur Facebook pour savoir qui était la meilleure « donneuse de sang ».

Le garçon fait soudain claquer ses dents jaunâtres avec envie.

– Ah, c'est vrai qu'il devait goûter bon, le sang de Stéphanie…

12

De retour à la SQ après sa rencontre avec Prince Richard, Dubuc s'installe à son bureau et ouvre un tiroir. Il en sort une boîte contenant une demi-douzaine de beignes à l'érable, qu'il avale comme des bonbons. Langlois entre sur les entrefaites. Il sait très bien que Dubuc a le réflexe maladif de manger quand il a les nerfs à fleur de peau.

— Qu'est-ce qui te tracasse, Roméo ?

— C'est ce garçon. J'ai finalement parlé avec lui. Il travaille aux archives de l'hôpital, mais il est probablement aussi à la tête du groupe secret de vampires sanguinaires auquel faisait référence le prof Champigny. D'après les informations de Carmella, on peut penser qu'elle et Stéphanie étaient ses « donneuses de sang », mais il refuse d'en parler.

— Tu crois qu'il a tué Stéphanie ?

— Il m'a dit « c'est vrai qu'il devait goûter bon, le sang de Stéphanie » en se faisant claquer les dents, mais je ne trouve pas encore de mobile valable pour l'accuser. Quels étaient ses rapports avec elle ? Tu aurais dû voir ses yeux plissés de plaisir pendant qu'il parlait. Bout de chandelle, j'en ai encore la chair de poule ! On se retrouve avec un « vampire réincarné » et deux « donneuses de sang ». Le parfait « triangle amoureux vampirique » !

— Eh, ce n'est pas bête, l'idée d'un triangle amoureux ! Mais qui l'aurait brisé ? Est-ce que Carmella se serait débarrassée de Stéphanie pour éliminer sa rivale ? Est-ce que Prince Richard aurait tué Stéphanie parce que Carmella était devenue trop jalouse d'elle ?

Dubuc ajoute :

— Essayons d'en savoir plus sur ces deux-là.

*   *
*

Quelques instants plus tard, Dubuc compose le numéro du Salon funéraire Charland et fils et joint le directeur Yvon Charland.

— Notre enquête s'intéresse actuellement à un garçon qui, d'après les références fournies par l'hôpital, aurait travaillé chez vous il y a près d'un an.

— Son nom, déjà ?

— Turcotte. Richard Turcotte.

Le directeur observe un lourd silence.

— Que voulez-vous savoir sur monsieur Turcotte ? dit-il enfin d'un ton neutre.

— C'était quel genre d'employé ? Est-ce qu'il a quitté son travail ou…

— Sachez que monsieur Turcotte s'est fait mettre à la porte. Oui, définitivement. Le Salon funéraire Charland et fils est un établissement respectable et ce type d'employé n'a pas sa place chez nous !

Dubuc constate que le directeur funéraire s'énerve maintenant...

– Pouvez-vous préciser un peu ?

– Est-ce vraiment nécessaire, monsieur Dubuc ?

L'hésitation d'Yvon Charland ne fait qu'ajouter à la curiosité du détective.

– Absolument. Je vous écoute...

– Eh bien, j'avais embauché Richard pour m'aider à embaumer les morts. Plus particulièrement, il s'agissait de faire de petites incisions dans la carotide ou l'artère fémorale du défunt afin d'introduire du liquide stérilisateur tout en drainant le sang. Richard s'acquittait de ce travail de manière compétente. Jusqu'au jour où je l'ai surpris...

– À faire quoi ? demande Dubuc, franchement intrigué.

– À boire le sang recueilli dans une petite cuvette placée sous la table d'embaumement. Richard était seul au sous-sol lorsque je suis arrivé sans prévenir. Il était à genoux sur le plancher et lapait bruyamment le sang, comme un animal affamé. Quand je l'ai apostrophé, il s'est retourné, m'a regardé d'un air farouche et s'est sauvé en courant. C'est la dernière fois que je l'ai vu.

– Avez-vous signalé cet incident à la police ?

– Absolument pas. D'une part, cela aurait nui à la réputation impeccable du Salon funéraire Charland et fils et, d'autre part, Richard n'avait rien fait de criminel. Mais croyez-moi, ce garçon est très malade, il a besoin d'une aide psychiatrique et ça presse !

* *
*

Le jeudi midi, Langlois voit arriver le professeur Champigny, qui semble excessivement nerveux.

— Je... je dois vous parler, c'est urgent !

Langlois l'escorte au bureau de Dubuc.

— Écoutez, je dois vous mettre en garde parce que vous l'ignorez probablement. Partout à travers le monde, les groupes vampiriques se préparent à célébrer dans deux jours, donc le samedi 14 de ce mois-ci, ce que l'on appelle la « Nuit du Sang », une fête païenne connue depuis le Moyen Âge. Lors de cette célébration, les gens laissaient libre cours à leurs pulsions sadiques et meurtrières. À l'époque, on rapportait des cas de souffrances atroces, de cannibalisme et même des gens enterrés vivants ! Depuis ce temps, la « Nuit du Sang » est devenue, pour les regroupements de vampires, l'occasion symbolique, une fois par année, de se laisser aller à des « exagérations », si vous voyez ce que je veux dire.

— Vous craignez que quelque chose de grave arrive à Chesterville ?

— En temps normal, peut-être pas, sergent Dubuc. Mais étant donné les deux meurtres récents à caractère vampirique dans notre ville, j'ai peur que la « Nuit du Sang » serve de prétexte à d'autres incidents !

— Est-ce que les membres de votre club gothique pourraient être impliqués ?

— Certainement pas ceux de La Société de Dracula ! répond sèchement Frédéric Champigny. Sachez que je contrôle mon groupe de vampires sociaux. Mais je pensais aux deux meurtres étranges sur lesquels vous enquêtez présentement, et surtout aux agissements sanguinaires et clandestins de Prince Richard. Personne ne connaît vraiment ce garçon. Déjà, dans mon cours d'histoire, il prétendait être Verango, la réincarnation d'un vampire mort il y a cent dix-sept ans, je vous l'ai déjà dit. Quand il venait aux assemblées de La Société de Dracula, il se tenait à l'écart, mais tous les participants étaient attirés vers lui comme par un aimant, il semblait les fasciner !

— Le pouvoir de séduction sur les autres est malheureusement la grande qualité des leaders de sectes religieuses ou autres types de psychopathes, rétorque Dubuc.

— En effet. Prince Richard m'a déjà dit : « On naît vampire, on meurt vampire, on ne le devient pas ! » Autrement dit, le vampirisme ne se guérit pas. Les « sanguinaires » comme Prince Richard estiment avoir un besoin physique autant que spirituel de sang humain afin de rester en santé. Vous savez, un vampire en manque est comme quelqu'un qui n'a rien mangé depuis plusieurs jours. Il n'a pas d'énergie et se sent mal dans sa peau.

— On est loin des « vampires sociaux » de votre Société de Dracula !

— En effet. Dans la hiérarchie, les « vampires sanguinaires » trônent au sommet de la pyramide et se considèrent comme les « vrais de vrais ». Ensuite on a les « vampires psychiques » qui se nourrissent de l'énergie des autres, souvent en suscitant la pitié, mais sans intention de faire du mal. Puis les « vampires vivants » qui appartiennent au Temple des vampires, une secte américaine.

　　　　　　　　　　Le pire vampire

Et finalement, les « vampires transcendantaux »
qui se voient comme des intermédiaires entre le
monde humain et l'univers vampirique.

— Comment Prince Richard recrute-t-il ses
adeptes ? demande Dubuc.

— Son attitude altière attire les adolescents
comme un aimant. Pendant une réunion de La
Société de Dracula, je me souviens de l'avoir vu
sortir un couteau, s'entailler le bras et lécher le
sang qui coulait, en souriant et en observant la
réaction des autres participants. Ils étaient tous
paralysés ! Était-ce de la peur ? Du dégoût ? De
l'admiration ? Je ne sais pas. Certains sont peut-
être devenus ses disciples par la suite. Chose certaine, La Société de Dracula n'est pas un club de
sanguinaires. Alors ce soir-là, j'ai flanqué Prince
Richard à la porte !

— Comment a-t-il réagi ?

Le professeur Champigny fait glisser son
index sur son cou.

— Il a menacé de me trancher la gorge !

*   *
*

Peu après le lunch, Dubuc et Langlois se dirigent
vers leur véhicule. Tous deux veulent absolument
retrouver Julius Boisvert, disparu depuis maintenant une semaine. Pour l'instant, ce garçon reste
leur principal suspect parce qu'il était sur les lieux
du premier meurtre. Malgré le passé trouble de
l'adolescent, Dubuc et Langlois ne croient cependant pas un traître mot du témoignage farfelu de
l'homme qui s'est présenté à eux lundi midi, en

jurant dur comme fer à Langlois qu'il avait été attaqué par lui trois jours plus tôt.

— Allons examiner le secteur où est arrivé l'accident d'auto, suggère Dubuc. On pourra peut-être trouver la direction qu'aurait pu prendre Julius avant de disparaître.

Les deux détectives roulent pendant plus d'une demi-heure en direction sud sur la 147, avant que Langlois n'arrête soudain sur l'accotement en apercevant des traces récentes de freinage prononcé en travers de la route. Ils descendent et parcourent à pied une centaine de mètres vers le champ désert à leur gauche, en suivant les traces jusqu'à un arbre gigantesque.

— C'est bien ici, dit Langlois. Regarde, il reste des morceaux de verre et de métal un peu partout sur le sol. L'auto en perte de contrôle a fini sa course folle ici!

Tous deux se penchent et ramassent quelques débris jonchant encore le terrain.

— Deux canettes de bière écrasées! Faut croire que le bonhomme n'avait pas trop peur du « vampire de Chesterville »! s'esclaffe Langlois.

Mais Dubuc ne réagit pas. Il vient d'apercevoir une maisonnette en retrait de la route et fait signe à son collègue de marcher dans cette direction.

— Avec la force de l'impact, Julius a peut-être été blessé et demandé de l'aide. Allons vérifier.

En ce début d'après-midi, le soleil est à son zénith et éclaire fièrement les champs en friche et les forêts qui reflètent la beauté sauvage de l'Estrie. La maison de papier brique est mal en point et sa galerie à demi effondrée. Près de là, une Buick grise est stationnée à l'ombre. Un chien

Collie jappe en courant vers eux. Dubuc frappe quelques coups à la porte.

Une dame âgée, affichant un air de bonté, vient ouvrir. Elle pousse une marchette. Dubuc présente son badge de policier et explique la raison de sa visite. Soudain, le visage ridé s'éclaire.

— Oh, vous devez parler de vendredi soir passé! dit-elle avec un accent acadien. J'étais en train de regarder mes nouvelles à Radio-Canada. Quelqu'un a fessé sur la porte, mais j'ai pas répondu. C'était le soir, vous comprenez, pis je suis veuve, ça fait que j'ai pour mon dire de faire attention au monde malicieux. Mais le jeune s'est mis à cogner partout dans les châssis, manière de dire que ça faisait tout un tintamarre! J'allais appeler la police, mais j'ai vu qu'il se tenait le côté pis qu'il avait l'air pas mal amoché, le jeune! Ça fait que je l'ai laissé entrer ici dedans, par charité humaine comme on dit...

— Qu'est-ce qu'il voulait? demande Dubuc.

— Oh, des pansements pour sa blessure à l'épaule. Le jeune s'est mis sur une chaise de cuisine, il a enlevé son *sweater*, pis il s'est fixé un bandage. J'ai pensé qu'il avait eu un accident de *char*, parce que j'avais entendu un gros « boum » dix minutes avant, drette dans *curve* pas loin d'icitte. Le jeune criait tellement fort que ça faisait pitié à voir! J'ai voulu appeler un docteur, mais il s'est mis dans tous ses états. Il est devenu mauvais comme le diable, pis il est reparti drette-là, en claquant la porte!

De retour à la voiture, Dubuc scrute le superbe paysage qui s'offre à lui, des lieues à la ronde, comme s'il avait le pouvoir de lui révéler la cachette de Julius Boisvert.

— S'il est blessé, il n'a pas pu aller très loin, raisonne-t-il.

— Sans auto en plus, alors il n'a certainement pas fait du pouce dans son état.

Dubuc prend son téléphone et fait un appel. La voix d'Adrien Boisvert lui répond.

Le détective lui indique la direction qu'a prise Julius sur la route 142, lorsque l'accident est arrivé.

— Où êtes-vous, présentement?

Dubuc lui précise sa position exacte.

— Avez-vous une idée où votre fils aurait pu aller?

— Eh bien, quand Julius était plus jeune, je l'amenais à mon camp près du Chemin des Cantons, pas loin de la rivière Coaticook. On passait une partie de l'été à pêcher. Je n'ai pas mis les pieds à cet endroit depuis des années, mais vous êtes à vingt minutes. Quand vous verrez la pancarte « Terrain privé A.B. », tournez à droite.

* *
*

Dubuc reçoit un appel. C'est le médecin légiste de Montréal, qui a pratiqué les deux autopsies sur Stéphanie et Mike Murphy.

— Vous avez les résultats pour Murphy?

— En bonne partie, oui. Comme vous l'aviez supposé sur la scène du crime, il porte des traces de profondes ecchymoses à la nuque, survenues quand le meurtrier a violemment rabattu le châssis sur son cou. Mais ça ne l'a pas tué, et ça ne l'a même pas rendu inconscient.

— C'est justement ça qui est incroyable !
lance Dubuc, heureux que le médecin appuie
son hypothèse. Je me dis qu'un gars bâti comme
lui aurait dû se défendre quand son agresseur l'a
repoussé dans le salon avant de lui dévorer la
gorge ! Comment expliquez-vous ça ?

— Murphy aurait dû se défendre, mais il ne l'a
pas fait parce qu'il a été drogué avant de mourir.

Dubuc a l'impression de recevoir un coup de
poing dans l'estomac.

— Quoi ?

— Murphy a reçu une injection de midazolam
avant d'être mordu au cou. Même chose pour la
première victime, Stéphanie Nadeau-Labadie. Je
vous avoue que j'avais raté ça dans mon premier
rapport de toxicologie, parce que l'analyse se
limitait à certaines drogues couramment utili-
sées par des humains. Cette fois-ci cependant, le
spectre d'analyse élargi a révélé la présence de
ce puissant sédatif médical, capable d'endormir
un animal en quelques minutes.

— Un animal, vous dites ?

— C'est une drogue de vétérinaire…

13

En début d'après-midi, le professeur Champigny revient à son appartement. Il prend une bière au frigo et s'installe au salon, mais quelque chose le dérange : il a remarqué que, même en plein jour, les rideaux de la cuisine sont tirés. Toutes les pièces sont dans la pénombre. Il se dit que puisque c'est jeudi, la femme de ménage n'est pas encore venue cette semaine. Soudain, il aperçoit Prince Richard, debout devant lui, les bras croisés. Champigny échappe presque sa bière. Il demande nerveusement :

— Richard, comment es-tu entré ici ?

— Tu sais bien que mon nom n'est pas Richard, mais Prince Richard ! Et rien ne peut m'empêcher d'entrer où je veux ! Je peux traverser les portes et les murs, comme le faisait mon ancêtre Verango !

Le professeur se lève. Le garçon s'approche de lui et dit, d'un ton menaçant :

— Tu es conscient qu'avec le pouvoir de Verango je pourrais t'écraser comme une coquerelle ! Pourquoi as-tu parlé de moi à la police ? Tu sais bien que mon groupe doit rester *underground*. À cause de toi, les détectives veulent en savoir plus sur les meurtres qui sont arrivés. À cause de toi !

Le professeur Champigny se laisse tomber sur une chaise tout près. Il transpire abondamment. Depuis qu'il a mis Prince Richard à la porte de La Société de Dracula, on dirait qu'il a perdu tout contrôle sur ce garçon. Il ne sait plus comment lui parler, comment le raisonner.

— Attends, je peux dire à la police que...

— Non ! Tu ne diras rien ! hurle son visiteur. Si les détectives continuent de me harceler, tu vas le payer cher, tu comprends ? Tu sais ce qui doit arriver samedi ?

— C'est la « Nuit du Sang ». Prince Richard, je t'en supplie, ne fais rien que tu pourrais regretter ! Je vois que tu portes la « pierre de Babylone ». Je t'en prie, ne te sers pas d'elle pour faire le mal. Avec ce bijou vert mythique au doigt, tu peux commander aux autres vampires de ne pas commettre d'atrocité. Chesterville ne doit pas vivre une autre tragédie, tu comprends ?

Prince Richard se presse maintenant contre le professeur Champigny. Avec son index, il trace lentement un cercle sur sa poitrine, celui qui symbolise les assemblées vampiriques.

— Les sanguinaires ont besoin de toi, Frédéric ! Viens nous rejoindre et tu vivras éternellement toi aussi !

Champigny met un genou à terre devant son visiteur et incline la tête.

— En toute humilité, ce n'est pas possible. Moi, je suis un simple vampire social. Mais toi, tu es la réincarnation de Verango et tes pouvoirs sont illimités !

Debout devant lui, Prince Richard place sa main sur la tête du professeur Champigny. Puis, il saisit un couteau sur le comptoir de cuisine et fait glisser la lame froide le long de sa nuque. L'enseignant pousse un cri de douleur : la lame a pénétré sous la peau et fait une légère entaille derrière le cou. Prince Richard s'y est collé le visage et lèche lentement le sang qui s'écoule. L'instant d'après, il s'essuie les lèvres en souriant et dépose le couteau derrière lui. Lorsque le professeur ouvre les yeux, Prince Richard a disparu.

*   *
*

Manon Pouliot sirote nerveusement son thé vert, dans un coin tranquille du Tim Hortons situé tout près du poste de police. Plus tôt aujourd'hui, elle y a donné rendez-vous à Carmella Faucher, à quatorze heures. Il a fallu qu'elle insiste à quelques reprises pour que la jeune femme accepte de la rencontrer.

Manon sait que Carmella est une « personne d'intérêt » dans l'enquête, mais n'arrive pas à comprendre ses rapports réels avec Prince Richard. Elle devine qu'elle ne tardera pas à le savoir en la voyant s'approcher. La jeune femme salue la journaliste d'un signe de tête et s'assoit sur le bout de son siège, visiblement très nerveuse.

— J'ai pas beaucoup de temps. Pourquoi vous voulez tant me parler ?

— Tu sais que la police enquête sur Prince Richard et…

— La police est sur son dos parce qu'il s'occupe d'un groupe vampirique, mais ce n'est pas une raison pour l'écœurer !

Manon n'est pas d'accord.

— Les membres de La Société de Dracula pratiquent le « vampirisme social », qui est seulement un style de vie. Mais les adeptes du groupe clandestin de Prince Richard sont des « vampires sanguinaires » et boivent du sang. Il me semble que c'est plus facile d'attirer les soupçons de la police sur eux, non ? Fais-tu partie du groupe de Richard ?

Carmella ne répond pas, mais réplique.

— C'est parce que vous ne connaissez pas Prince Richard. C'est un gars correct qui gagne sa vie en travaillant à l'hôpital. C'est plutôt Champigny que vous devriez surveiller, l'espèce de visage à deux faces !

Voyant l'expression de surprise sur le visage de la journaliste, Carmella ajoute :

— Tout le monde dit que Frédéric Champigny, c'est un gentil professeur d'histoire qui a fondé La Société de Dracula pour encourager ses élèves à s'intéresser à la période gothique et blablabla. C'est ça qu'il vous a raconté, je gage ?

— Oui, en effet...

— Ben moi, j'ai une autre version des faits. Saviez-vous qu'avant de venir enseigner à La Sapinière, Frédéric Champigny était prof à Joliette ? Là aussi, il avait fondé une Société de Dracula pour supposément intéresser ses élèves à l'histoire gothique. Mais en plus, il est tombé en amour avec une étudiante de dix-sept ans et sa femme a découvert toute l'affaire. Madame Champigny a alors menacé de divorcer et de partir avec leur fils de quatre ans s'il ne brisait pas sa liaison. Le prof Champigny a fait une grosse dépression et il a été hospitalisé deux mois en psychiatrie. Assez bizarrement, l'étudiante a été retrouvée morte quelques semaines plus tard, le cou cassé au pied de l'escalier de son appartement du troisième étage. La police a conclu que c'était un « accident ».

— Qui t'a raconté cette histoire ?

— Je l'ai lue dans le journal intime de Stéphanie après sa mort. Le prof Champigny était en amour avec elle aussi...

*   *
*

En retournant au travail, Prince Richard prend un appel sur son cellulaire.

— Monsieur Turcotte, ce sont les services sociaux que vous avez contactés il y a quelques semaines. Nous avons fait les recherches demandées pour tenter de retrouver votre mère biologique. Vous saviez qu'elle vit quelque part à Sherbrooke, mais vous ignorez à quel endroit, c'est bien cela ?

— Et alors ? demande-t-il nerveusement.

— Nous avons de bonnes nouvelles pour vous. Votre mère a été localisée et accepte de vous revoir. Elle se trouve présentement dans un édifice à logements modiques de l'est de la ville. Je vous envoie immédiatement l'adresse sur votre téléphone.

Prince Richard arrête de marcher et s'assoit sur le bord du trottoir. Il est secoué. Son cœur bat comme s'il voulait sortir de sa poitrine. Les larmes lui montent aux yeux. Connaître enfin sa mère ! Il est l'enfant d'un viol, c'est tout ce qu'il sait. Dès sa naissance, sa mère l'a abandonné à ses grands-parents qui l'ont élevé à Saint-Georges de Beauce.

* *
*

Manon Pouliot se rend au Motel Resto-bar L'Alouette, situé près de l'édifice de la banque au centre-ville. Elle s'assoit à une table au fond du restaurant, sort son ordinateur portable pour travailler et attend patiemment. Environ trois quarts d'heure plus tard, un homme entre. Elle l'interpelle.

— Salut, mon beau Peter ! Ça fait longtemps !

L'homme dans la quarantaine sursaute et se retourne dans la direction d'où vient la voix. Lui et Manon se sont fréquentés pendant quelques mois, l'an dernier, jusqu'à ce qu'elle mette fin abruptement à leur relation.

— Je suis surpris que tu me parles encore, Manon. Tu as disparu de ma vie assez vite merci ! dit-il, avec une certaine rancœur.

La journaliste a besoin de son aide et tente de l'amadouer.

— Je traversais une période difficile de ma vie. On pourrait peut-être se revoir, si ça te tente ?

Peter s'est approché de sa table et s'assoit. Il sent l'arnaque...

— Comme je te connais, tu dois sûrement avoir une « petite faveur » à me demander ?

Manon sourit. Ses cheveux blonds descendent en cascades sur ses épaules, ses yeux bleu azur clignotent affectueusement en regardant Peter. Elle lui sourit. L'employé de la banque est retombé sous le charme...

— Euh ! Bon, j'aimerais juste que tu vérifies les finances d'un particulier pour moi.

— Tu sais que je ne suis pas supposé faire ça…

— Juste me dire si un certain montant d'argent a été retiré récemment !

— Du compte de qui ?

Manon griffonne un nom et le remet au directeur des prêts, visiblement agacé.

— Oh, tu vas m'en devoir toute une, ma belle Manon !

*　　*
*

Encore secoués d'avoir appris que la drogue injectée aux deux victimes est utilisée dans les cliniques vétérinaires, Dubuc et Langlois se remettent à la recherche de Julius, sans grand espoir, malgré les indices fournis par son père.

— Si j'avais la police collée au derrière, moi aussi je filerais comme une flèche aux États-Unis, dit Langlois.

Dubuc n'est pas entièrement convaincu.

— On n'a rien à perdre à vérifier le vieux camp de pêche de son père près de la rivière Coaticook. C'est tout près…

Une vingtaine de minutes plus tard, ils parviennent à un embranchement où ils aperçoivent la pancarte défraîchie « Terrain privé A.B. » dont leur a parlé Adrien Boisvert. Après avoir parcouru un court tronçon de route de campagne, ils voient enfin une modeste cabane, dissimulée par les arbres centenaires et la végétation sauvage. Les deux détectives ferment sans bruit la porte du véhicule, discrètement stationné à une cinquantaine de mètres de l'endroit. En s'approchant, Dubuc donne un coup de coude à son complice : la cheminée fume…

– L'oiseau est dans son nid !

Par prudence, ils dégainent leur pistolet et s'avancent furtivement. Dubuc se dirige vers la porte avant, tandis que Langlois va examiner l'arrière du camp de pêche.

Malgré le brillant soleil d'après-midi, l'intérieur semble plongé dans l'obscurité. Dubuc s'avance et tourne doucement la poignée de porte, qui s'ouvre en grinçant. Chacun de ses pas semble arracher un gémissement au plancher. Les lieux sont rudimentaires. Devant lui, une table rustique en bois et quelques chaises, un évier crasseux rempli d'assiettes sales et un vieux frigo jauni dans le coin. Dubuc ouvre quelques armoires : des cannages de fèves au lard. Tout au bout, une autre pièce. Dubuc y aperçoit un vieux lit en métal et une lampe de poche. Comme lui et Langlois l'ont constaté en arrivant, seules quelques bûches dans la cheminée témoignent d'une activité humaine. Julius est probablement dans les parages. Mais où ?

À travers la fenêtre qui donne sur l'arrière du camp de pêche, Langlois fait signe à Dubuc de venir le rejoindre. Il a remarqué un petit hangar cadenassé, dissimulé un peu en retrait.

– Le père de Julius ne vient plus ici depuis des années. Pourquoi un cadenas, alors ?

Dubuc recule de quelques pas pour mieux examiner cette structure en aluminium beige.

– C'est un hangar temporaire assez récent. Regarde, il n'est même pas installé sur un plancher de ciment, mais directement sur le terrain, comme ceux qu'on achète chez Canadian Tire.

Le policier se penche pour ramasser une roche. Il donne un bon coup sur le cadenas, qui cède facilement.

Dubuc ouvre la porte et entre, suivi de Langlois. Les lieux sont sombres. Il braque sa lampe de poche devant lui. Ce qu'il aperçoit alors le paralyse.

— Non ! Non ! Non ! C'est pas possible !

14

L'animateur Sylvain Bibeau discute avec une recherchiste dans son bureau de la station de radio CFRC, le FM branché de Chesterville, lorsqu'on le demande à la réception.

Il grimpe l'escalier pour accueillir le visiteur près du comptoir. L'homme semble nerveux et regarde constamment autour de lui. Il est grand et mince, en veston et cravate, le visage taillé au couteau, les yeux perçants, les cheveux noirs lissés vers l'arrière, le nez aquilin.

— Je suis Frédéric Champigny, prof d'histoire à La Sapinière. C'est moi qui vous ai appelé.

L'animateur l'invite à descendre au sous-sol et ferme la porte de son bureau. Il remarque le front perlé de sueur de son invité.

— Au téléphone, vous m'avez promis des informations intéressantes, monsieur Champigny! dit Bibeau, en appuyant sur le bouton de son magnétophone.

— En effet. Vous savez peut-être qu'à l'école, j'ai fondé La Société de Dracula, un club vampirique social tout à fait inoffensif. Cependant, je voudrais vous donner l'occasion de mettre en garde la population de Chesterville.

Bibeau sursaute.

– À propos de quoi?

– Eh bien, sachez que samedi soir, ce sera
la « Nuit du Sang », un rituel barbare connu
depuis le Moyen Âge. À cette occasion, les orga-
nisations vampiriques sanguinaires à travers le
monde célèbrent cette date en commettant un
acte criminel.

Bibeau flaire tout de suite la bonne histoire.
Ses yeux scintillent comme les lumières d'un
sapin de Noël.

– Quel genre d'acte criminel?

– Animal ou possiblement humain. J'ai
prévenu hier midi la police de Chesterville de
l'imminence de ce danger, mais ils n'ont pas l'air
de m'avoir pris au sérieux.

– Oh, je devine que l'enquêteur Dubuc n'a
pas cru à votre histoire. Moi aussi je le trouve
assez borné ce policier-là. Monsieur Champigny,
sachez que l'émission « Le micro à Bibeau » va
au fond des choses. C'est presque du journalisme
d'enquête, notre affaire! Alors, racontez-moi de
quoi vous voulez prévenir la population.

Frédéric Champigny se penche vers l'animateur:

– J'ai des raisons de croire qu'un meurtre
vampirique pourrait être commis à Chesterville
demain soir, lors de la « Nuit du Sang »! Si on
respecte la tradition, c'est inévitable!

– Par qui? Vous m'avez dit que La Société de
Dracula est un regroupement inoffensif!

Frédéric Champigny se mord les lèvres. Il
voudrait lui parler du groupe vampirique sanguinaire *underground*, mais il n'ose pas.

Bibeau insiste.

– Monsieur Champigny, vous laissez entendre qu'un « sacrifice humain vampirique » aura lieu demain à Chesterville.

– Quoi ? Mais je n'ai jamais dit un « sacrifice hu… »

Bibeau se colle les lèvres sur le micro de son magnétophone, en prenant une voix grave et solennelle.

– Chers auditeurs, un sacrifice humain vampirique aura lieu encore une fois samedi soir, à Chesterville ! Croyez-en l'avis de cet expert de réputation internationale, le professeur Frédéric Champigny, quand il vous dit de verrouiller vos portes et de rester chez vous ! Rassurez-vous, la police de Chesterville est prête, armée jusqu'aux dents et attend le ou les assassins de pied ferme ! Osera-t-on commettre un autre meurtre ignoble ?

Le professeur Champigny est désarçonné.

– Mais… ce que vous dites là, monsieur Bibeau, c'est de la provocation pure et simple ! Vous mettez le ou les meurtriers au défi de tuer encore une fois ! C'est insensé !

Sylvain Bibeau ne l'écoute plus. Il est satisfait de l'entrevue, qu'il diffusera lors de son émission de demain.

Au moment de partir, le professeur Champigny se retourne vers Bibeau. Ses paroles ne sont plus un avertissement, mais une supplication.

– Je vous en prie, prenez-moi au sérieux. Demain soir, quelqu'un va mourir…

* *

*

— Je rêve, pincez-moi quelqu'un ! ne cesse de répéter Dubuc, en balayant l'intérieur du hangar avec sa lampe de poche.

Tout autour des deux détectives, les murs sont tapissés de photos couleur et noir et blanc de Stéphanie Nadeau-Labadie ! Des dizaines et des dizaines, petites et grandes, de l'adolescente assassinée ! Pas un centimètre carré des murs n'est épargné.

— Bout de chandelle ! Regarde, Lulu, Julius a pris des photos d'elle partout où elle allait : sur la rue, dans l'auto, à l'école, dans les bars, au restaurant, au gym, et même dans le vestiaire des filles de l'école ! C'est du voyeurisme à l'extrême, mon vieux ! Julius a traqué Stéphanie comme une bête sauvage avec sa caméra !

Langlois réagit à son tour.

— Il a créé ce « sanctuaire d'adoration de Stéphanie » parce qu'il savait qu'ici, en plein bois, il aurait la paix ! Son père ne venait plus depuis longtemps.

Les deux détectives entendent soudain des bruits de pas autour. Vite, ils se dissimulent derrière le hangar. À travers la grande vitre arrière du chalet, ils peuvent voir Julius déposer quelques bûches près du foyer. Il n'a donc pas deviné leur présence. Dubuc et Lulu s'entendent pour contourner le chalet et affronter le garçon.

En les voyant entrer, Julius panique et regarde dans toutes les directions à la fois, cherchant une issue.

— Aucune sortie possible, Julius. À moins de t'échapper par la cheminée qui brûle !

Résigné, le garçon s'assoit sur une chaise devant la table. Sa blessure à l'épaule lui fait mal, visiblement. Langlois retourne à la voiture et revient avec une trousse d'urgence contenant de la gaze et du désinfectant. Il demande à Julius d'enlever son chandail et change son pansement, pendant que ce dernier se retient pour ne pas crier de douleur.

— T'es vraiment obsédé malade par Stéphanie, Julius ! Les murs de ton hangar sont couverts de photos d'elle ! explose Dubuc. C'est une preuve circonstancielle assez forte pour t'accuser de meurtre !

— Arrêtez donc vos niaiseries ! Vous voyez bien que j'aimais bien trop Stéphanie pour la tuer !

Mais Langlois n'est pas convaincu.

— Beaucoup de tueurs ont commencé en devenant obsédés par leur victime ! À force de constater qu'ils ne pouvaient pas la posséder, ils ont décidé que personne d'autre ne l'aurait non plus et ils l'ont tuée !

Dubuc devine que son collègue veut prendre la ligne dure pour interroger Julius. Il décide de procéder autrement et lui fait signe de se calmer. Il fouille dans le frigo et en ressort trois canettes de Ginger Ale, qu'il dépose sur la table. Il ouvre bruyamment la sienne et les deux autres font de même. Langlois devine que Dubuc veut faire l'interrogatoire à la « manière douce ».

— Explique-nous donc encore une fois comment ça s'est passé au cimetière, demande-t-il.

— Encore ? Je vous ai déjà raconté toute mon histoire ! L'affaire, c'est que pour écrire un reportage dans le journal de l'école sur La Société de Dracula, je me suis infiltré comme « agent secret » dans leur club. Le soir de mon initiation, j'ai conduit la belle Stéphanie au cimetière.

Dans l'auto, elle était couchée dans une tombe. J'étais censé mettre mon déguisement de Dracula, creuser un trou devant une pierre tombale, Steph devait s'allonger dedans, et je devais prendre une photo avec mon iPhone pour prouver que je pouvais faire partie du groupe. Tout ça faisait partie de l'initiation. Le problème, c'est qu'en arrivant au cimetière, j'ai eu la chienne et j'ai pris du Valium avec du rhum. Ensuite, je me suis perdu et je me suis réveillé le lendemain matin dans un champ, avec deux détectives qui me pointaient un pistolet en pleine face ! J'ai pas tué Stéphanie, je vous jure !

Dubuc a patiemment écouté le récit de Julius.

– Bien, mon garçon, moi, j'ai une autre version des faits à te proposer : je pense que tu as bel et bien conduit Stéphanie au cimetière, tu l'as ensuite rejointe et vous vous êtes disputés. Elle est tombée la tête sur une roche, probablement par accident. Ensuite, l'alcool et le Valium t'ont fait perdre le contrôle de tes inhibitions et tu as décidé de jouer ton personnage de comte Dracula jusqu'au bout. Après avoir constaté qu'elle était blessée, tu as paniqué, alors tu l'as transportée et allongée au pied de la pierre tombale, comme prévu. Puis, tu as mordu Stéphanie à la gorge pour compléter ton « initiation » au club gothique. Ensuite, eh bien… tu as perdu conscience et on t'a retrouvé le lendemain matin avec un mal de tête épouvantable et incapable de te souvenir de ce qui s'était vraiment passé pendant la nuit. Voilà ce que je pense…

Julius se précipite sur le détective pour le marteler de coups de poing.

— Eille, je n'ai jamais touché à un cheveu de Stéphanie et je...

Dubuc lui saisit les bras et le rassoit brusquement sur son siège.

— Tu es très impulsif, Julius. Alors, fais attention. Les preuves s'accumulent contre toi en ce moment. Tu étais sur les lieux du meurtre en compagnie de Stéphanie, tu t'es bagarré avec Mike Murphy deux jours avant sa mort, et tu viens de nous raconter ta version des faits, mais il nous manque beaucoup de détails. Des petites choses sans importance pour toi, mais qui pourraient être déterminantes pour la police et peut-être même jouer en ta faveur, si tu pouvais t'en souvenir...

Langlois prend Dubuc à part.

— Tu pourrais utiliser la nouvelle technique d'interrogatoire qu'on a apprise l'hiver dernier, lors de la journée de formation à Montréal.

— La relaxation active ? Je l'ai essayée juste une fois, mais on n'a pas beaucoup le choix, en effet.

Dubuc se tourne vers Julius.

— Si tu me fais confiance, je peux utiliser une méthode pour te faire retourner mentalement sur la scène du crime et peut-être trouver du nouveau. Il y a des détails auxquels tu n'as pas porté attention, mais ton subconscient, lui, a peut-être gardé en mémoire des indices intéressants qui ne demandent qu'à remonter à la surface.

— Comme dans un rêve ? demande Julius, intrigué.

— C'est un peu ça, oui. Alors, tu vas te détendre, fermer les yeux et retourner au cimetière dans ta tête. Pendant que tu seras sur les lieux, tu vas nous raconter tout ce que tu vois, tout ce que tu sens et tout ce que tu entends. Je serai à côté de toi pour te guider avec mes questions, alors tu n'as rien à craindre. Concentre-toi uniquement sur ma voix, d'accord ?

Pour toute réponse, Julius Boisvert dépose sa canette de Ginger Ale sur la table devant lui, ferme les yeux et s'adosse à sa chaise. Dubuc fait signe à Langlois de tirer les rideaux du chalet pour plonger la pièce le plus possible dans l'obscurité.

*   *

*

Dubuc se tient debout près de Julius, pendant que Langlois observe la scène à distance. Le policier sait qu'il a maintenant toute l'attention du garçon. Il dit d'une voix très calme :

— Essaie de te revoir dans ton auto en arrivant au cimetière. Il fait noir, il est presque minuit, tout est tranquille. Est-ce que Stéphanie est avec toi dans la voiture ?

— Oui, mais elle sort tout de suite sans m'attendre et marche vers le cimetière. Elle est tellement belle ! Mais je pense qu'elle a hâte d'en finir avec l'initiation. Moi, j'ouvre la boîte à gants et je prends le petit flacon de mon père, avec du Valium, pour me donner du courage et me convaincre de jouer mon personnage de comte Dracula. Ensuite, je mets mon costume et mes fausses dents. J'ai la chienne…

Julius transpire, mais fait des efforts pour garder les yeux fermés, comme lui a demandé le policier.

— Pourquoi as-tu peur ?

— Probablement à cause de cette place, super bizarre. Je n'ai jamais mis les pieds dans un cimetière avant ce soir ! Ensuite, j'essaie de retrouver Stéphanie.

— D'accord, maintenant, tu marches en direction du cimetière. Vois-tu Stéphanie ?

— Non, non, j'entends juste un hibou dans un arbre. Il fait houhouuu… houhouuu… normalement, je n'aurais pas peur, mais dans un cimetière, c'est super capotant ! J'essaie de le voir en haut de l'arbre, mais je perds mon chemin… alors je continue d'avancer, mais sans vraiment savoir où je m'en vais. J'ai l'impression de tourner en rond…

— Et Stéphanie, l'entends-tu crier ? Elle te cherche…

— Non. Mais j'entends mon téléphone sonner. Malheureusement, je suis déjà gelé comme une balle avec l'alcool et le Valium, alors j'entends la sonnerie, mais je ne sais même plus sur quel piton appuyer ! La tête me tourne comme une toupie et j'ai mal partout. Ensuite, ensuite… j'entends Stéphanie crier ! C'est comme un cri de mort ! Ahhhhh…

— Reste concentré, Julius ! Qu'est-ce que tu fais maintenant ?

— … je décide d'aller dans la direction d'où vient le cri de Stéphanie ! Mais plus j'avance, plus on dirait que je marche à reculons ! Pour aller plus vite, je décide de courir en l'appelant ! Je tombe à pleine face à terre. Et c'est là que je l'aperçois ! Je la vois !

— Stéphanie ?

— Non ! Non ! Une créature bizarre et pleine de poils qui me regarde à travers les branches.

— Un raton laveur ? Un chevreuil ?

— Non, non, une forme humaine ! C'est quelqu'un, je vous le jure ! Quelqu'un qui me regarde à travers les branches, mais sans bouger. Pareil comme un loup-garou !

Dubuc fait la grimace et constate que la technique de relaxation active tourne mal. Il est visiblement déçu.

— C'est correct, Julius. Tu peux ouvrir les yeux maintenant.

15

Vendredi matin, l'autobus arrive au terminus de Sherbrooke. Prince Richard en descend et consulte l'adresse que les services sociaux lui ont remise. Il s'informe. L'endroit où habite sa mère biologique se trouve à une vingtaine de minutes de marche.

À mesure qu'il avance, le garçon remarque que le quartier où il se trouve devient plus défavorisé. Il croise surtout des gens âgés et pauvres en apparence. À quelques coins de rue, il repère l'édifice de logements subventionnés de sa mère. Dans sa tête, il a appris par cœur ce qu'il veut dire à cette femme qui l'a abandonné à ses grands-parents dès sa naissance, pour disparaître complètement de sa vie. Est-ce qu'elle sait comment il a pensé à elle, tous les soirs, avant de s'endormir pendant son enfance ? Il la voyait venir le border, l'embrasser et lui souhaiter bonne nuit mon trésor. Chaque année, sous l'arbre de Noël, il cherchait le cadeau envoyé par sa maman. Pas cette année, répondaient les grands-parents. Jamais, d'ailleurs...

Le logement de Paulette Chénier est au deuxième étage. Prince Richard gravit l'escalier chambranlant et arrive devant le 206. Il hésite. Il veut rebrousser chemin. Trop tard. Derrière la porte, une voix lance :

— C'est qui ?

Paulette Chénier avance lentement en traînant ses pantoufles. Elle ouvre la porte. C'est une femme grande et mince, comme son fils, mais le visage ravagé par la vie et la misère. Ses cheveux teints en blond se raréfient, sa peau est sèche et fendillée comme celle d'un lézard et ses yeux vitreux sont ceux d'une alcoolique incurable. Elle porte une robe de chambre défraîchie en ratine mauve, une cigarette achève de se consumer entre ses doigts jaunis.

Elle ne dit rien. Elle regarde Prince Richard, mais sans expression.

— C'est toi Richard ? C'est toi ?

— Oui mam… maman, c'est moi !

Les mains de Paulette Chénier s'approchent pour caresser à tâtons le visage, les épaules et le torse de son fils. Prince Richard constate que sa mère est visuellement handicapée. Il serre très fort ses mains dans les siennes et regarde autour de lui. Ce minable réduit d'une seule pièce lui sert de chambre, de cuisine et de salon. On entend le bruit incessant des véhicules sur l'autoroute qui passe tout près. L'endroit est peu meublé et la télé allumée dans un recoin de la pièce semble occuper ses journées. Sur une petite table, un verre de scotch et un cendrier presque plein, à dix heures du matin.

Elle devine l'anxiété qui s'est emparée de lui. Elle connaît le but de sa visite.

— Richard, il faut que tu me pardonnes. Je n'avais pas le choix ! Après ta naissance, j'ai traîné dans les bars en Beauce avec des hommes. J'étais jeune et ils dépensaient plein d'argent pour moi car j'étais jolie et j'avais une belle voix. Ils m'avaient promis que je pourrais devenir une chanteuse aussi célèbre que Céline Dion ! Mes parents t'ont élevé du mieux qu'ils ont pu, parce que moi, je n'avais pas l'énergie pour m'occuper d'un enfant. Pas d'énergie pantoute pour toi, mon p'tit chou.

« Pas d'énergie pantoute pour toi, mon p'tit chou », se répète Prince Richard.

Le garçon serre les dents pour ne pas hurler sa rage d'avoir été ainsi abandonné par cette mère qu'il a tant aimée. Il essaie de se remémorer un grand pan de sa vie qu'il a tenté d'oublier jusqu'ici. Mais des images incessantes s'imposent comme des flashs de caméra dans sa tête : ses grands-parents très pieux qui récitaient le chapelet tous les soirs pour sauver l'âme de sa mère qu'ils traitaient de salope ! Et cette confusion, cette énorme confusion entre le bien et le mal, le péché et la vertu, qui s'est installée dans sa petite tête d'enfant ! C'est à cette époque qu'il se souvient d'avoir commencé à se réfugier dans un monde imaginaire, irréel, fantasmagorique, en s'inventant des rôles de personnages fantastiques, de chevaliers vaillants et immortels, à jouer constamment à Donjons et Dragons...

Paulette Chénier continue de serrer fort la main de son fils. Prince Richard la regarde une dernière fois, puis détourne les yeux avec mépris.

Le rêve s'est brisé...

Cette mère qu'il a idéalisée depuis tant d'années n'est qu'une alcoolique aveugle qui mène une vie misérable.

Il retire brusquement sa main et quitte l'appartement.

* *
*

À l'heure du lunch, Dubuc vient de mettre au micro-ondes un spaghetti aux boulettes de viande garni de fromage parmesan. Bientôt, une symphonie d'odeurs appétissantes remplit la petite salle de repos et le détective s'en lèche les babines. Mais son humeur change quand Langlois fait irruption pour allumer la radio sur le comptoir. Dubuc reconnaît immédiatement la voix de l'animateur Sylvain Bibeau.

— Eh bien oui, chers auditeurs, comme je vous le disais, votre émission préférée « Le micro à Bibeau » sera entièrement consacrée aujourd'hui à la « Nuit du sang », une pratique vampirique meurtrière de longue date qui frappera Chesterville demain soir, d'après nos informations. Vous vous demandez si c'est une blague ? Eh bien non, chers auditeurs ! La preuve, c'est que j'ai obtenu une entrevue exclusive avec le professeur d'histoire de réputation internationale, Frédéric Champigny, lui-même un spécialiste de la question puisqu'il dirige, à l'école de la Sapinière de Chesterville, un club de vampirisme social appelé La Société de Dracula. Il sera d'ailleurs mon invité lors d'une émission spéciale en direct, samedi soir à minuit ! De retour immédiatement après ces messages publicitaires...

Derrière lui, la sonnerie du micro-ondes, mais Dubuc ne l'entend pas. Il regarde Langlois comme si la comète de Halley venait de s'écraser sur le poste de police de Chesterville.

– *Shit* de *shiiiiit*! Le prof Champigny nous avait prévenus qu'un drame allait survenir lors de la « Nuit du Sang », dit Dubuc. Mais comme on ne l'a pas pris au sérieux, il a été raconter son histoire à la dernière personne au monde qui devrait l'entendre, et j'ai nommé Sylvain Bibeau!

* *

*

En début de soirée, Langlois passe saluer son collègue, mais constate que Dubuc est immobile dans son bureau et fixe le mur.

– On est vendredi soir, Roméo. Rentre à la maison. Qu'est-ce qui te chicote?

– Pendant qu'il faisait l'exercice de relaxation active, Julius nous a raconté avoir aperçu une créature bizarre et pleine de poils qui le regardait à travers les branches.

– Ah oui, son fameux loup-garou! N'oublie pas qu'il a aussi avoué être gelé ben raide avec l'alcool et le Valium! Comme tu disais, il a probablement aperçu un chevreuil qui rôdait dans le coin. Comment veux-tu faire confiance à un gars de même?

– Les chevreuils sont des créatures peureuses. L'animal aurait décampé les pattes aux fesses, crois-moi. Il faut que ce soit autre chose.

– Tu crois à ses délires?

– Lulu, ça fait quelques fois que Julius nous raconte sa soirée au cimetière, et les détails changent tout le temps. C'est crédible, parce que si un témoin raconte toujours la même histoire, avec les mêmes détails, on devine qu'il l'a apprise par cœur et c'est là qu'on soupçonne le mensonge. Mais pas avec Julius...

— Il dit vrai, d'après toi ?

— Réfléchis. Quand il a mentionné avoir vu une créature bizarre et pleine de poils qui le regardait à travers les branches, je trouve ça plutôt intéressant pour l'enquête. Il n'avait pas intérêt à nous mentir.

Langlois comprend que son collègue est très sérieux.

— Peut-être un autre membre de La Société de Dracula, alors ?

— Déguisé en abominable créature pleine de poils ?

Soudain, Dubuc sursaute.

— Bout de chandelle ! J'aurais dû y penser avant !

Sans s'expliquer, il ouvre son tiroir et en sort une carte de la région, agrandie cinq fois. Il la déplie et l'étale avec frénésie sur son bureau, sous le regard étonné de Langlois, qui se demande quelle mouche vient de piquer son collègue.

— Regarde ici, mon vieux ! Regarde ! Tu vois, mon index pointe directement sur l'ancien cimetière des Anglais, à l'extérieur de Chesterville, où Stéphanie a été assassinée. Au nord, c'est la plantation d'épinettes Azimut. Au sud, le lac des Sables. À l'est, le nouveau développement résidentiel Les Jardins de Campagne. Et à l'ouest, c'est quoi, tu penses ?

— À l'ouest ?

Langlois se lève, franchement intrigué par la question. Lui qui a passé toute sa vie à Chesterville connaît la région comme le fond de sa poche. Il s'approche et balaie du regard la carte régionale étalée sous ses yeux. Il pointe à son tour le secteur à l'ouest du cimetière que son collègue vient de mentionner et échappe un cri.

– C'est Crazytown !

* *
*

En soirée, la pluie tombe abondamment sur Chesterville. Outre la noirceur, le brouillard s'est installé. Dans la partie la plus abandonnée de la ville, une vieille Plymouth noire roule lentement sur la rue Des Cheminots, les phares éteints. Dans ce secteur de la ville, on retrouve plusieurs entrepôts déserts. À un certain moment, le passager fait signe au conducteur de tourner. Le véhicule s'engage lentement entre deux bâtiments, puis s'arrête au fond d'une cour. Sous la pluie battante, le chauffeur court ouvrir la porte au passager qui avance lentement, insensible aux intempéries.

Il a allumé une lampe de poche et se fie à son compagnon pour l'orienter. Le bruit de leurs pas martèle le plancher de ciment. Soudain, le son devient métallique. Le meneur fait un signe de tête. C'est ici.

Les deux hommes s'arrêtent. Ils soulèvent le panneau de métal sous leurs pieds et le déplacent pour accéder à une cave en terre industrielle, sombre et humide. Ils descendent l'échelle et mettent pied au sol. Dehors, ils entendent d'autres véhicules arriver à leur tour. Un quart d'heure plus tard, sept hommes et deux femmes sont regroupés en cercle dans la cave. Quelques chandelles ont été allumées au milieu d'eux.

Le conducteur du premier véhicule arrivé sur les lieux lève les bras vers le ciel et s'écrie :

— *Quod voluntatem Verango fieri !* Que la volonté de Verango soit faite !

Sur ces paroles, il s'incline et remet un poignard à Prince Richard. Celui-ci prend la parole.

— Tout autour de nous, s'agitent de « faux vampires », qui ne sont que des marionnettes sans aucune conviction. Mais nous, ici ce soir, nous sommes de vrais vampires, les Sanguinaires qui ont besoin de boire du sang pour conserver leur santé physique et mentale, comme l'eau est essentielle au commun des mortels.

Prince Richard prend le couteau que lui a remis le conducteur et se fait une légère entaille au poignet gauche. Puis, il lèche le sang qui s'en écoule et remet le couteau à Carmella Faucher, debout à sa droite, qui fait de même, et ainsi de suite pour tous les autres. Lorsqu'ils ont terminé, Prince Richard se déplace au milieu du cercle. Il retire de son doigt la pierre de Babylone et place cet anneau mythique sur le sol humide, au milieu des participants.

— *Caista Brendisa Zailadum !* J'invoque le pouvoir de Verango et des vampires millénaires ! Que votre énergie maléfique serve à détruire tous ceux qui veulent empêcher notre règne éternel sur la Terre ! Que les forces conjuguées de la puissance vampirique réduisent au silence celui qui veut nous détruire, lors de la « Nuit du Sang » demain soir !

Les neuf participants à cette cérémonie se sont rapprochés autour de l'anneau. Chacun laisse tomber dessus quelques gouttes de son propre sang. Quand c'est fait, Prince Richard

     Le pire vampire

s'accroupit et plante son poignard dans la terre, au milieu des participants.

C'est l'acte de condamnation à mort de la prochaine victime.

Demain soir, quelqu'un va mourir...

16

— Crazytown! Mais j'aurais dû y penser avant! s'exclame Dubuc, en se donnant une grande tape sur le front. Toi qui as grandi dans la région, Lulu, qu'est-ce que tu connais là-dessus?

— Eh bien, j'entends parler de Crazytown depuis ma jeunesse. C'est le nom que les gens de Chesterville ont donné à une clairière où une vingtaine de personnes sont installées depuis deux générations, comme des gitans, dans des vieilles roulottes près d'un bois et pas loin du vieux cimetière des Anglais. Ils vivent au milieu de toutes sortes de cochonneries, la place a l'air d'un vrai dépotoir!

— D'où ça sort, le nom « Crazytown »?

— C'est parce qu'ils sont super *weirdo*, ce monde-là! En ville, les gens racontent qu'ils ne travaillent pas, qu'ils se marient entre eux, que leurs enfants naissent imbéciles et que même les animaux sauvages ont peur de les rencontrer! À cause, apparemment, d'une maladie bizarre, plusieurs d'entre eux sont très poilus et, pour éviter de faire rire d'eux autres ou d'effrayer la population, ils ne viennent jamais à Chesterville, ou bien alors ils sortent seulement la nuit. Quand j'étais jeune, mon père disait souvent : « Lucien, si tu contes des menteries, on va t'envoyer à Crazytown. » C'était comme le Bonhomme Sept Heures !

— On a des dossiers criminels sur ces gens-là ? Langlois vérifie rapidement à l'ordinateur.

— Pour autant que je sache, quelques cas de vol dans des magasins, surtout la nuit. À cause de leur apparence, tu ne les verras pas se promener au centre-ville, ni faire leur épicerie chez Metro. Ils sont généralement autosuffisants et font pousser leurs légumes, élèvent des poules, des chèvres, des cochons…

— Leurs enfants vont à l'école ?

— Non, les jeunes restent à la maison et ce sont supposément leurs parents qui leur enseignent. Mais permets-moi d'en douter ! Si ce n'était de leur peur de vivre en société, on pourrait croire que c'est une secte religieuse d'une autre époque. Écoute, ils n'ont pas d'autos, pas d'électricité, pas d'eau courante !

Dubuc pousse un soupir.

— Tu as piqué ma curiosité, Lulu !

*　*

*

Depuis jeudi, le téléphone du professeur Champigny ne dérougit pas. Les journalistes de la région et de l'extérieur ont écouté son entrevue à l'émission « Le micro à Bibeau » et veulent en savoir plus sur la « Nuit du Sang » et cette tradition vampirique. Frédéric Champigny avait prévu s'enfermer chez lui en prévision du malheur annoncé. Puis, il s'est ravisé lorsque le journaliste lui a offert de venir faire chez lui une entrevue exclusive en direct, à minuit samedi soir, pour souligner la « Nuit du Sang ». Après que le journaliste eut tant vanté ses connaissances vampiriques, le professeur Champigny pouvait difficilement refuser.

En milieu de soirée, le jour dit, il parade fier comme un coq devant le grand miroir de son appartement. Pour mieux se mettre dans l'ambiance de l'entrevue, il a revêtu son habit à jabot de dentelle, symbole du vampire aristocratique, ainsi que la longue cape noire qu'il porte lors des occasions spéciales. Sur sa poitrine, il affiche fièrement le pentagramme, un autre symbole classique. Son visage est poudré, ses cheveux gominés, ses lèvres d'un rouge vif et ses yeux cernés par un fond de teint noir. Tout est parfait...

Dans son salon où aura lieu l'entrevue, il a placé bien en vue sur la table à café une édition à tirage limité de *Dracula*, le chef-d'œuvre classique de Bram Stoker paru en 1897, afin d'impressionner son invité.

Peu après vingt-trois heures, par une fenêtre du troisième étage de son appartement, le professeur Champigny jette un coup d'œil à l'extérieur. Tout est tranquille, comme si la population de Chesterville s'était barricadée chez elle à double tour. Une pluie très fine tombe maintenant et le brouillard envahit le quartier. Mais soudain, il entend des cris en bas dans la rue. Quelqu'un semble avoir besoin d'aide ! Vite, il met son manteau et s'apprête à sortir.

C'est le moment qu'attendait son agresseur, tapi dans le corridor derrière la porte. En sortant de l'appartement, le professeur ressent soudain une piqûre au cou et tente de se débattre, mais très vite, la drogue fait son effet.

Frédéric Champigny tombe inconscient.

* *

*

Vers vingt-trois heures quarante-cinq, Sylvain Bibeau descend de sa Mazda6 et examine les alentours. Il voit un petit parc d'enfants, tout près de l'immeuble, avec ses quelques balançoires qui grincent au vent et sa glissade rongée par la rouille. L'endroit ne semble pas avoir servi depuis plusieurs années. Le journaliste vérifie l'adresse : l'appartement du professeur Champigny est au troisième étage. Ce jour-là, l'ascenseur est en panne. Bibeau grimpe lentement les marches en maugréant. Il sait très bien que son entrevue exclusive fera beaucoup jaser et moussera sa carrière de journaliste !

Sur le palier, il repère immédiatement l'appartement 304. Il frappe quelques coups discrets sur la porte, mais remarque qu'elle est entrouverte.

– Professeur Champigny ? C'est Sylvain Bibeau du « Micro à Bibeau ». Je viens faire l'interview à minuit, comme convenu !

Bibeau entre dans l'appartement. Il est agréablement surpris de constater que cet homme qui s'intéresse à la noirceur de la période gothique et à l'univers ténébreux du vampirisme a aménagé son logement de façon confortable et accueillante. Quelques lampes tamisées, disposées ici et là, créent une ambiance chaleureuse et invitante. Les meubles du salon sont en tissu beige et brun et les murs sont recouverts de toiles aux couleurs vives et modernes.

— Professeur Champigny ?

Bibeau l'interpelle en marchant et en allongeant le cou vers les différentes pièces de l'appartement. Dans la cuisine, rien. Dans le salon non plus. Il visite chacune des deux chambres vides. Soudain, il s'arrête. Du bruit. On dirait de l'eau qui coule. Le journaliste cogne quelques coups. Pas de réponse. Il ouvre la porte de la salle de bain. Tout au fond, sous le jet bouillant de la douche, le professeur Champigny est étendu au sol. Il porte son costume gothique sous son manteau. Son corps est sans vie et désarticulé comme celui d'un pantin. Ses yeux effrayés fixent Bibeau comme s'il venait d'apercevoir un revenant. L'animateur de radio, cloué sur place devant cette scène surréelle, est obsédé par la vue de cette morsure au cou de la victime.

* *
*

Le même soir, Dubuc et Langlois se mettent en route vers Crazytown. Langlois a suggéré d'y aller à l'obscurité, puisque ses habitants ne sortent que la nuit. Les deux détectives empruntent eux aussi le rang Morrison, qui avait mené Julius et Stéphanie jusqu'au vieux cimetière des Anglais. Ils continuent cependant leur route un demi-kilomètre plus loin, jusqu'à ce qu'ils aperçoivent du chemin un regroupement de roulottes en mauvais état. Ils garent leur véhicule et s'avancent à pied, lampe de poche en main. Le téléphone de

Dubuc sonne. C'est Manon Pouliot qui demande à le voir ce soir.

— Ça ne peut pas attendre ? demande-t-il d'un air contrarié. Bon, alors rejoins-nous au Casse-croûte des Cantons dans une heure ! Puis, il raccroche.

Dubuc se gratte le front en apercevant le spectacle qui s'offre à lui.

— Bout de chandelle, tu avais raison, Lulu ! La place est un vrai dépotoir à ciel ouvert ! Les gens de Crazytown n'ont jamais entendu le mot « recyclage », j'en suis certain !

Les deux policiers avancent dans les hautes herbes, parmi des détritus de toutes sortes, en faisant attention à ne pas marcher sur des objets dangereux : déchets ménagers, vieux matériaux abandonnés, pièces de métal rouillées, poubelles percées...

— Pas étonnant que ça sente la charogne à plein nez !

Ils sont maintenant à une cinquantaine de mètres des roulottes disposées devant eux en demi-cercle sur le terrain vacant, au milieu duquel un feu de camp est allumé.

Langlois se tourne vers Dubuc en chuchotant :

— S'ils ont allumé un feu, c'est qu'ils ne sont pas loin. On devrait peut-être s'approcher et... Ahhhhhhh !

Langlois vient de mettre le pied dans un piège à coyote, dissimulé dans les hautes herbes devant lui. La partie avant de son pied est complètement happée par la mâchoire en métal de l'appareil retenu par une chaîne à un poteau. Le détective serre les dents pour ne pas hurler de douleur !

Dubuc s'agenouille dans l'herbe. Après plusieurs secondes, il réussit à insérer sa lampe de poche entre les puissantes mâchoires du piège pour permettre à son collègue de retirer rapidement son pied.

— Ça va aller?

— Oui, mais je vais boiter pendant quelques jours, c'est certain.

— En tout cas, si on voulait faire une visite discrète, c'est raté! Regarde!

Devant eux, quatre hommes au torse nu, aux cheveux très longs et hirsutes se sont approchés. Malgré la noirceur, Dubuc et Langlois distinguent que deux d'entre eux brandissent une pelle de façon menaçante, tandis que les deux autres ont une fourche à foin qu'ils pointent agressivement vers les policiers. L'un d'eux, probablement leur chef, s'avance vers les détectives, une lanterne à la main.

À la lueur du fanal, Dubuc constate son apparence répugnante. Langlois n'a pas menti. En raison de sa maladie, tout son corps et son visage sont couverts de cicatrices, il est anormalement poilu, ses ongles sont très longs et ses cheveux crasseux tombent en bas des épaules. L'image qui vient immédiatement à l'esprit du policier est celle qu'a mentionnée Julius pendant la séance de relaxation active : un loup-garou, digne des films d'Hollywood!

Le chef vient encore plus près de Dubuc et le renifle bruyamment pendant plusieurs secondes, comme le ferait un chien. Le policier est figé sur place : à la lueur du fanal, il vient de remarquer le teint très pâle de cet homme, ainsi que les canines pointues qui surgissent au coin des lèvres lorsqu'il ouvre la bouche pour parler. Il sort lentement son badge pour lui montrer.

— La police n'a pas d'affaire icitte ! rétorque le chef.

Dubuc met nerveusement la main sur l'étui de son pistolet. Près de lui, son collègue Langlois éprouve visiblement beaucoup de douleur au pied.

— On ne veut pas vous causer d'ennuis. On enquête sur le meurtre récent d'une jeune femme au cimetière. Un témoin a raconté à la police avoir vu un homme très poilu à travers les branches près de la scène du crime. Pouvez-vous nous renseigner là-dessus ?

Tenant sa lampe à la hauteur du visage, le chef du groupe a écouté Dubuc.

— J'ai dit personne icitte connaît cette affaire-là ! Retournez-vous-en d'où vous venez et laissez-nous vivre en paix !

Comme pour appuyer ses propos, les trois autres hommes encerclent Dubuc et Langlois, sans lâcher leurs pelles et leurs fourches. Les deux détectives lèvent les bras en l'air, en signe d'abandon.

— Correct, correct, les gars, on s'en va ! lance Dubuc, en poussant Langlois devant lui.

À la lueur du feu de camp, Dubuc aperçoit soudain quelque chose de clair dans l'herbe près de lui. Il se penche pour le ramasser :

Un ruban blanc...

17

En revenant vers Chesterville tard en soirée, les deux policiers s'arrêtent au Casse-croûte des Cantons, dont la spécialité est le sandwich aux patates frites. Ébranlé par sa rencontre à Crazytown, Dubuc en commande deux pour calmer ses émotions, tandis que Langlois se contente d'une eau minérale. Dubuc sort de sa poche le ruban trouvé à Crazytown et le pose sur la table d'un air songeur.

— Tu crois qu'il appartenait à Stéphanie ? demande Langlois.

— Elle avait un ruban rouge… Il reste quelques cheveux coincés dans la pince de la barrette. On va les faire analyser. Qu'est-ce que ce ruban faisait près des roulottes de Crazytown ? En tout cas, on ne peut pas dire qu'ils sont très accueillants avec la police. On va revenir avec des renforts s'il le faut !

— Pas accueillants avec tout le monde, je crois, répond Langlois. Ils vivent dans une petite société marginalisée et font leurs propres lois.

Au moment où ils s'apprêtent à partir, les deux détectives voient arriver Manon Pouliot. Elle semble très agitée et vient s'asseoir directe-

Le pire vampire

ment à leur banquette. Elle regarde au sol, comme si elle tentait de rassembler ses idées.

— C'est bien qu'on se voit en dehors de Chesterville, dit-elle. Notre conversation doit rester secrète !

Les deux détectives se regardent, interloqués. La journaliste récapitule les faits.

— Sergent Dubuc, vous m'aviez dit l'autre jour que la police avait trouvé 10 000 $ dans les tiroirs de Mike Murphy en enquêtant sur sa mort.

— C'est exact. De l'argent dont on ignore encore la provenance.

— Eh bien, ça m'intriguait et j'ai fait ma petite enquête de mon bord. Quand vous m'avez dit qu'Adrien Boisvert avait annulé la grosse commandite du tournoi de golf du chef Simard et qu'ils étaient en chicane, je me suis dit que Julius pouvait facilement en faire les frais ! En vérifiant le compte bancaire personnel de Marcel Simard, j'ai découvert que votre patron avait retiré la même somme en argent comptant, deux jours avant que la drogue soit trouvée dans le casier de Julius !

— 10 000 $ *cash* ! Deux jours avant, tu dis ?

Les deux détectives sont pétrifiés. Dubuc demande :

— Es-tu en train de nous dire que le patron aurait payé Murphy pour qu'il « plante » un sac de drogue dans le casier de Julius Boisvert afin de le faire renvoyer de l'école ? Tout ça pour se venger d'avoir perdu la commandite d'Autotech Pièces d'auto ?

Manon hoche la tête. Dubuc n'est pas convaincu.

— Premièrement, comment as-tu fait pour te fourrer le nez dans les finances personnelles du patron ?

La journaliste sourit.

— Disons que j'ai mes contacts à la banque. C'est du solide ce que je vous dis…

Dubuc a l'impression que quelqu'un vient de lui scier les deux jambes.

— C'est gros ça ! Et tes informations sont mieux d'être bonnes, Manon Pouliot, parce qu'on va devoir confronter Marcel là-dessus !

*　　*

*

Dimanche matin, au lendemain de la « Nuit du Sang », la nouvelle frappe Chesterville avec la force d'un ouragan : une autre victime vampirique a été vidée de son sang et présente, elle aussi, une morsure satanique. Lorsque Dubuc et Langlois arrivent à l'appartement du professeur Champigny, l'équipe technique est déjà au travail. Le désordre règne partout sur l'étage. Des agents tentent de préserver la scène sordide de la curiosité de quelques voisins de palier.

— Le meurtrier est définitivement venu à l'étage en empruntant l'escalier de service, puisque l'ascenseur était en panne. Des empreintes, les gars ? lance Dubuc à deux techniciens.

— Curieux que le prof Champigny avait son manteau lorsque Bibeau l'a retrouvé dans la douche, dit Langlois.

— Bizarre en effet. Il avait prévenu la population de ne pas sortir pendant la « Nuit du Sang », alors pourquoi s'apprêtait-il à le faire lui-même ?

　　　　Le pire vampire

Son meurtrier a dû s'arranger pour l'attirer sous de faux prétextes !

Dubuc prend connaissance des notes préliminaires sur le meurtre.

— Même façon de procéder, même tueur. Le prof Champigny a été étranglé, puis mordu à la gorge et vidé de son sang, ce qui n'a pas été compliqué puisque la drogue l'avait déjà en bonne partie assommé.

Derrière le cordon de police, un agent tente de retenir la journaliste Manon Pouliot qui s'agite dans leur direction. Dubuc lui fait signe de venir les rejoindre.

Elle est très nerveuse.

— Le prof Champigny avait raison ! Depuis quelques jours, il racontait partout à Chesterville que la « Nuit du Sang », quelqu'un allait mourir !

— Souviens-toi quand le prof Champigny est venu au bureau jeudi passé, ajoute Langlois. Il avait peur de ce garçon, Prince Richard. Il disait l'avoir mis à la porte de La Société de Dracula après qu'il se soit entaillé le bras avec un couteau pour épater les autres étudiants, et que Prince Richard avait réagi en le menaçant de mort.

— Bout de chandelle, on en a assez pour l'interroger. Ce garçon nous doit des explications !

Du bruit derrière eux. C'est Sylvain Bibeau qui tente de se frayer un chemin. Il semble secoué comme un pommier.

— C'est toi qui as découvert le cadavre, Bibeau ? lance Dubuc. Tu vas venir faire une déposition au poste de police.

— Pantoute ! Pas avant d'avoir expliqué à mes auditeurs comment j'ai trouvé le cadavre du prof Champigny au fond d'une douche qui coulait !

C'est épouvantable ! C'est gros cette affaire-là ! Je n'en reviens pas encore !

Dubuc se braque.

— Non, monsieur ! Pas question que tu dévoiles à tes auditeurs des informations privilégiées sur la scène du crime. Ça reste confidentiel pour l'instant. Seule la police est censée connaître ces détails.

Mais Bibeau est survolté. Il crie :

— Eille, la police, sacrez-moi donc patience ! Vous oubliez la liberté de presse ! Personne ne peut empêcher « Le micro à Bibeau » de faire son travail et d'informer la population de Chesterville. Aujourd'hui, avec Facebook et Twitter et Instagram, il faut réagir tout de suite et sortir la nouvelle le plus vite possible. Sinon, ce sont les autres qui vont le faire ! On dirait que je suis le seul à comprendre ça sur la planète, moi !

— Le sergent Dubuc a raison, Sylvain, dit Manon, pour essayer de le calmer. C'est bien beau de faire notre travail, mais il y a des limites si on compromet l'enquête en cours sur les trois meurtres vampiriques. Si tu parles de ça maintenant au « Micro à Bibeau », tu risques de nuire au travail des policiers.

*   *

*

À la première heure, lundi, Dubuc entend crier dans le corridor.

— Psssssst ! Dubuc ! Dans mon bureau !

Marcel Simard est en furie.

— Encore un meurtre « vampirique » en fin de semaine ! Ton enquête n'a pas l'air d'avancer,

Roméo! Il va falloir combien d'assassinats pour arrêter le coupable!

Langlois est accouru et s'assoit à côté de Dubuc.

— Plus tard, Langlois! J'ai affaire à Dubuc pour l'instant.

Mais l'autre ne bronche pas. Dubuc intervient.

— Nous autres aussi, on a affaire à toi, Marcel. On cherchait depuis plusieurs jours qui aurait pu mettre la drogue dans le casier de Julius, à l'école.

— Julius, évidemment! tranche le chef de police.

— C'est la première chose qui nous vient à l'esprit. Le problème, c'est qu'on a trouvé 10 000 $ dans un tiroir de Mike Murphy, après sa mort. Et vérification faite, tu as retiré la même somme de ton compte de banque, deux jours avant la découverte de la drogue.

Le chef Simard se lève derrière son bureau. Il est très agité.

— Un instant, les gars! Un instant! Vous faites une relation de cause à effet directe entre l'argent trouvé chez Murphy et mon retrait de la banque. Ça n'a pas d'allure!

— Pourquoi avoir retiré 10 000 $ *cash* de la banque, alors? demande Langlois.

Le chef de police hésite.

— Si je me souviens bien… c'était pour… payer comptant des petits travaux de rénovation de ma femme. C'est ça!

Dubuc ne doute pas que son patron continuera de nier sa culpabilité.

— Malheureusement pour toi, Marcel, une caméra a filmé la remise d'argent à Murphy. Tu ferais mieux de tout avouer.

L'autre est livide.

– *Shiiiiit* de marde ! Une caméra a filmé ça ?

Dubuc ne bronche pas.

– On a la preuve que tu as versé un pot-de-vin à Murphy pour poser un geste criminel. Il ne te reste plus qu'à démissionner…

Le chef Marcel Simard se laisse tomber sur sa chaise. Il est visiblement anéanti.

– Bon. Correct, les gars, je n'avais pas le choix. Adrien a annulé sa commandite pour forcer la police à abandonner son enquête sur Julius. Cette année, c'est moi le président d'honneur du tournoi régional ! J'ai l'air d'un vrai cave maintenant ! Pensez-vous que j'allais me laisser niaiser par Adrien ? Si je tombe, il va tomber avec moi parce que je vais l'accuser de tentative de corruption d'un policier ! Quand on était jeunes à l'école, c'était tout le temps Adrien qui me menait par le bout du nez ! Alors oui, j'ai voulu me venger et le frapper là où ça ferait vraiment mal, en compromettant l'avenir de son cher Julius !

Les deux détectives sortent du bureau. Dans le corridor, Langlois donne un coup de coude complice à Dubuc et marmonne entre ses dents :

– Une caméra a filmé la scène ? Vraiment ?

Dubuc sourit à pleines dents.

– De quoi tu parles, Lulu ?

* *

*

Un peu plus tard, Dubuc et Langlois voient Prince Richard arriver. Langlois se tourne vers son collègue.

          Le pire vampire

— Comment as-tu réussi à l'amener ici ? Je croyais que ce type-là ne sortait que la nuit ?

— J'ai convaincu Carmella Faucher que ce serait préférable qu'il vienne de son propre gré. L'enquête est à un stade avancé et, avec les menaces de mort qu'il a faites au prof Champigny, ce garçon est sérieusement suspect.

Prince Richard entre au poste de police, suivi de Carmella. Il marche lentement et la tête haute, comme un monarque devant ses sujets. Il passe près des employés de bureau, qui se retournent sur son passage. Dubuc lui fait signe de le suivre dans la salle d'interrogatoire. Les deux visiteurs s'assoient derrière une table en métal. Langlois est resté dans la pièce voisine et les observe derrière le miroir sans tain permettant de regarder sans être vu.

— Pour les formalités, peux-tu donner ton nom exact ? demande Dubuc.

— Je suis Prince Richard, la réincarnation de Verango, un vampire sanguinaire mort il y a cent dix-sept ans.

Dubuc lance son crayon sur la table en signe d'impatience.

— Bout de chandelle ! Ça commence bien… Où étais-tu, Richard Turcotte, samedi soir, lorsque le prof Champigny a été tué ?

— J'étais à…

Carmella l'interrompt.

— Prince Richard et moi, on était à l'appartement. On a lavé le plancher, t'en souviens-tu ?

L'autre hoche la tête, dans l'affirmative.

— C'est vrai, j'avais oublié…

Dubuc poursuit.

— Et le mardi de la mort de Stéphanie, vers minuit ?

— J'étais à…

Carmella l'interrompt à nouveau.

— Le mardi soir, on étudie l'astrologie ensemble, souvent après minuit. On est super accrochés à l'astrologie, sergent Dubuc !

Dubuc se lève, sort de la salle et va rejoindre Langlois dans l'autre pièce.

— On n'arrivera à rien de cette façon ! Il faut trouver quelque chose qui va déstabiliser Prince Richard, qui va le forcer à nous donner plus de détails.

— S'il était tout seul, il parlerait peut-être, mais Carmella se prend pour son avocate !

Langlois remplace Dubuc et procède à son tour à l'interrogatoire. Mais constatant encore une fois la tactique de blocage systématique de Carmella, il se rend compte qu'il perd son temps et met fin rapidement aux questions.

* *
*

À l'heure du lunch à l'Hôpital général de Chesterville, Dubuc arrive en coup de vent au bureau du Dr Roberge. Le médecin consulte sa montre.

— Bon. J'ai un gros cinq minutes à vous accorder, sergent. Après ça, mes patients me réclament.

— Mon enquête m'a mené à Crazytown, docteur ! On a des raisons de croire que quelqu'un là-bas est impliqué dans le meurtre de Stéphanie Nadeau-Labadie, ou en aurait été témoin. Mon collègue Langlois a grandi à Chesterville et me raconte que depuis sa jeunesse, les gens de Crazytown vivent en marge de la société, en raison apparemment des conséquences d'une maladie génétique. Que pouvez me dire là-dessus?

Le Dr Roberge pousse un soupir, dépose sa pile de dossiers sur son bureau et retourne s'asseoir. Dubuc devine qu'il vient d'accaparer plus que cinq minutes de son précieux temps…

— La maladie du sang dont vous parlez pour les gens de Crazytown s'appelle la porphyrie érythropoïétique congénitale. Elle est causée par une déficience en enzymes et se transmet de façon héréditaire. La condition des personnes atteintes entraîne la libération de toxines qui endommagent les cellules de la peau. En conséquence, les patients sont aux prises avec toutes sortes de symptômes et de problèmes qui leur compliquent sérieusement la vie, croyez-moi.

— Comme quoi?

— Eh bien, pour commencer, ils sont hypersensibles à la lumière. Au soleil, leur peau brûle pratiquement comme du papier. Elle a de la difficulté à se régénérer et laisse donc de terribles cicatrices sur le corps, qui est en général très poilu, en raison d'une croissance anormalement rapide des poils et des cheveux. Les médecins leur conseillent de vivre dans la plus grande noirceur. En l'absence de vitamine D, leur peau est tellement blanche qu'elle ressemble à celle d'un cadavre.

— Est-ce qu'ils sont sujets au vampirisme?

— Bonne question. Il y a une vingtaine d'années, un scientifique américain a fait un lien entre la porphyrie et le vampirisme, parce que les enzymes nécessaires à leur santé se retrouvent dans le sang, mais cette théorie est très contestée.

— Écoutez, nous sommes allés à Crazytown simplement pour leur poser quelques questions sur l'enquête en cours, mais un comité de quatre hommes menaçants nous a accueillis avec des pelles et des fourches levées en l'air !

— Ah ça, je ne suis pas étonné ! Dans certains cas, la maladie s'accompagne de troubles neuro-psychiatriques et les patients peuvent devenir nerveux, irritables, impulsifs, voire carrément violents.

— L'un d'entre eux m'a reniflé longuement et a montré les dents. C'est alors que j'ai aperçu deux crocs aiguisés au coin des lèvres ! Si je croyais aux vampires, docteur Roberge, j'aurais détalé comme un lièvre, je vous jure !

— Je comprends votre surprise, dit le médecin. En raison de leur condition, les gencives de ces malades se déforment et certaines dents conti-nuent de pousser, notamment les canines, ce qui peut alors donner une apparence soi-disant « vampirique ».

— Vous semblez bien connaître les symp-tômes. Traitez-vous des gens de Crazytown ici à l'hôpital ?

— Eh bien, la situation à Crazytown est par-ticulière, puisque vous avez là une communauté d'une vingtaine de personnes implantée depuis quelques générations maintenant, et qui a appris à vivre avec la porphyrie, en s'isolant pratique-ment de Chesterville et en limitant les facteurs aggravants. Ceci dit, nous avons traité au cours des années plusieurs personnes de Crazytown, car il est connu qu'on peut soulager cette maladie congénitale par des transfusions sanguines. Bien sûr, ces patients venaient généralement tard en soirée, lorsqu'il faisait très noir et que l'hôpital était presque désert. Malheureusement, certains d'entre eux se sont montrés agressifs envers le personnel et nous avons dû leur refuser l'accès à l'hôpital.

— Ils ne reçoivent plus de transfusions ?

— Pas ici, en tout cas. Et je doute qu'ils aillent dans des cliniques où ils se font regarder de travers. Malheureusement, je…

Le médecin fait une pause. Dubuc est suspendu à ses lèvres.

— Malheureusement, quoi ?

Le docteur Roberge hésite encore un instant, puis ajoute :

— Malheureusement, je dois vous avouer que, depuis qu'on a interdit des transfusions aux gens de Crazytown, nos réserves de sang ici à l'hôpital ont commencé à baisser de façon inquiétante…

— Volées ?

— Oui, une bonne dizaine de sacs par semaine. Après quelques mois, la direction de l'hôpital a été forcée de réaménager notre banque de sang, qui est maintenant très étroitement surveillée. Nous ne pouvons pas confirmer que les gens de Crazytown sont derrière ces vols, mais chose certaine, ils ne reçoivent plus de sang à l'hôpital et nos provisions sont maintenant en sécurité.

Dubuc le regarde avec étonnement.

— Si c'est le cas, où trouvent-ils le sang dont ils ont besoin ?

18

Le mardi matin, Dubuc se mordille la moustache en regardant au plafond. Un autre indice de frustration que Langlois connaît bien. L'enquête sur la mort de Stéphanie est en cours depuis trois semaines.

— L'interrogatoire de Prince Richard n'a pas donné grand-chose, à part nous démontrer que Carmella exerce un certain contrôle sur lui. En fait, on n'a presque rien sur ce garçon, sauf les menaces qu'il a faites au prof Champigny.

Langlois approuve. Dubuc demande à brûle-pourpoint :

— As-tu encore ton « contact » en ville ?

— Snoopy ? Ouais, il est barman à la salle de *pool* Majestic. Il sait tout qui se passe à Chesterville, légal ou illégal, alors c'est un bon informateur. Je suis intervenu une ou deux fois auprès du juge pour éviter la prison à son fils qui aime se bagarrer, alors disons que Snoopy m'en doit une.

— Alors, demande-lui donc d'ouvrir grand ses oreilles si jamais un client se met à parler de vampirisme après avoir pris quelques bières. Puisque Prince Richard ne veut rien dire, on doit essayer de retrouver un des participants à la cérémonie de la « Nuit du Sang ». Je te parie qu'un de ces vampires en puissance ne dort pas tranquille à l'heure actuelle, et doit se sentir responsable du meurtre atroce du prof Champigny. Si on réussit à l'identifier et à maintenir la pression sur lui, on pourrait avoir des chances de le faire craquer comme un biscuit soda.

* *
*

À l'heure du lunch, Langlois retrouve Dubuc attablé à la cantine Chez Ludger, où il entame avec appétit trois œufs au miroir dans la graisse, du bacon bien cuit, des patates rôties et un lait frappé à la vanille… tous des aliments interdits par son cardiologue.

Langlois s'apprête à critiquer encore une fois les choix de son collègue, mais il a compris que pour lui, manger est une façon de remettre de l'ordre dans ses émotions à fleur de peau. Manon Pouliot arrive sur les entrefaites. Elle rejoint les deux détectives à la table du fond et s'assoit à son tour.

Dubuc l'accueille sur un ton badin.

— Ça fait plusieurs jours que je n'ai pas eu ton collègue Bibeau dans les pattes ! Je ne m'en plains pas, remarque, mais il semble avoir disparu de la planète Terre depuis qu'il a découvert le cadavre du prof Champigny dans la douche !

— C'est vrai, précise Manon. J'ai appris que Sylvain est en congé de maladie pour une période indéfinie. Je pense qu'il fait une dépression nerveuse. Il réalise que lui aussi aurait pu être la victime du tueur vampirique.

Manon prend la tasse de café que la serveuse vient de remplir à son arrivée.

— Dites donc, c'est sérieux votre visite à Crazytown ? Vous croyez vraiment que ces gens-là auraient pu commettre les meurtres ? Les avez-vous interrogés ?

Dubuc dépose cérémonieusement sa fourchette et s'essuie les lèvres avec sa serviette de table. Il prend un ton moralisateur.

— Ma chère Manon, tu sauras que « ces gens-là » comme tu dis, ce sont des personnes souffrant d'une grave maladie génétique qui se transmet de génération en génération. Ils vivent la nuit pour éviter la lumière du jour qui leur brûle la peau. Ce n'est pas beau à voir, je te jure. Les effets secondaires leur donnent parfois une apparence « vampirique ».

Manon est visiblement irritée.

— Eh bien moi, j'ai comme l'impression que les habitants de Crazytown vous font marcher, sergent Dubuc ! Arrêtez de les défendre comme si c'étaient des anges du Paradis ! Vous lisez comme moi dans *Le Progrès de Chesterville* et dans *La Tribune de Sherbrooke* qu'ils sont régulièrement associés à toutes sortes de crimes la nuit justement : vols de bicyclettes, vandalisme, agression, troubler la paix, voies de fait, et j'en passe. Sans parler de disparitions carrément inexplicables ! On n'est pas loin des meurtres, rendu là !

— Disparitions ? Que veux-tu dire ?

Manon regarde au plafond. Elle hésite. Ce qu'elle va maintenant raconter la bouleverse encore des années plus tard, de toute évidence.

— Entre nous, c'est une histoire qui m'est arrivée il y a une dizaine d'années. En juin, j'avais fait une randonnée en après-midi avec mon amie Nicole sur des sentiers en dehors de Chesterville. La noirceur est tombée rapidement et nous avons perdu notre chemin. Vers 21 heures, nous avons débouché sur une route de campagne près de Crazytown. On a alors entendu des voix pas très loin, dans le champ derrière nous. Par curiosité, on s'est cachées dans les hautes herbes et on a vu que les gens de Crazytown s'étaient regroupés autour d'un feu près de leurs roulottes. Tout le monde était silencieux, comme s'ils participaient à un rituel. Nicole et moi avons continué à marcher sur cette route de campagne. Pas très loin, on a vu une auto abandonnée sur le bord du chemin. La porte du conducteur était ouverte, mais l'auto était vide et les clés encore dedans…

— Panne d'essence ? Crevaison ? demande Dubuc.

— Crevaison. Nicole et moi avons changé le pneu, puis ma copine a décidé « d'emprunter » cette voiture abandonnée pour rentrer à Chesterville. On était jeunes…

— Mais ton histoire finit bien, non ?

— Pas vraiment. Le lendemain matin, la police est venue demander à Nicole pourquoi la voiture abandonnée était stationnée chez elle. Ils ont dit que le propriétaire avait mystérieusement disparu la veille, sur une route de campagne près de Crazytown. On ne l'a jamais revu…

*   *

*

En milieu d'après-midi, Dubuc a convoqué Carmella au poste. Après avoir vérifié son passé, le détective vient de découvrir qu'elle avait été battue par Mike Murphy, un soir en sortant du bar où elle travaillait.

— Tu n'as jamais porté plainte à la police. Pourtant, tu as eu besoin de quatorze points de suture dans les jours qui ont suivi.

Carmella décide de jouer franc-jeu.

— Mike Murphy était le frère du gars qui a pris en feu après que j'aie lancé sur lui une bouteille d'alcool et une allumette. C'est le gars qui m'avait taponnée dans un *party*, mais Murphy a voulu le venger !

Dubuc réfléchit à voix haute.

— On sait que tu détestais Stéphanie, que le prof Champigny t'avait menacée si tu parlais de sa relation avec Stéphanie, et que Mike Murphy t'a battue pour venger son frère. Donc, tu avais de bonnes raisons pour éliminer ces trois personnes.

Carmella éclate de rire.

— Certain. Mais je suis toute petite à côté de Mike Murphy ! Comment voulez-vous que je m'en sois débarrassée, même si c'était mon souhait le plus cher !

*　　*

*

Dès le lendemain soir, Langlois reçoit un appel imprévu : son informateur Snoopy est à la salle de billard Majestic avec des informations inté-ressantes. Il chuchote au téléphone.

— J'ai deux gars présentement assis au bar. L'un d'eux n'arrête pas de dire que le meurtre de la « Nuit du Sang » n'aurait pas dû se produire !

— Surveille-le. On arrive !

Un quart d'heure plus tard, les deux détectives sont sur place. Une vingtaine de personnes, dont plusieurs motards à vestes de cuir affichant leur allégeance, s'activent autour des tables de billard. Dubuc et Langlois s'installent discrètement au fond. Snoopy vient les trouver peu après, faisant semblant de prendre leur commande. Il se penche vers Langlois et chuchote :

— Le gars en question est assis au bar. La veste de cuir noire.

Langlois se penche vers Dubuc.

— Il faudrait le convaincre de venir au poste pour l'interroger sur la cérémonie vampirique et…

Pour toute réponse, Dubuc se lève et marche directement vers le bar où seulement trois ou quatre clients sont assis. Il s'installe sur le tabouret voisin de l'individu âgé d'une vingtaine d'années et commande une Stella Artois, pendant que son collègue observe la scène à distance.

Dès que sa bière arrive, Dubuc fait un geste malhabile et la renverse sur son voisin.

— Shitttttt !

Tout le contenu s'est répandu sur le pantalon du motard, qui bondit comme un ressort !

— Eille, *man*, tu cherches le trouble ou quoi ?

Dubuc s'est levé et se confond en excuses. Il prend le linge que le barman vient de lui lancer et s'affaire à éponger maladroitement le client arrosé, qui a déjà bu quelques bières.

— C'est ma faute, excuse-moi…

Mais l'autre n'entend pas à rire. Il repousse brusquement Dubuc.

— Touche-moé pas ! Lâche-moé, avant que je t'écrase la face !

Dubuc fait la sourde oreille et continue d'éponger le client qui en a ras le bol. L'autre fouille dans la poche de sa veste de cuir et en ressort un couteau, qu'il brandit sous le nez de Dubuc.

— Je vais t'organiser le portrait, mon gros bonhomme !

Mais avant qu'il n'ait mis sa menace à exécution, Langlois surgit derrière l'agresseur, lui saisit les deux bras dans le dos et le pousse sans ménagement contre le bar pour lui enfiler les menottes. Puis, les deux détectives repartent avec leur prisonnier, sous les regards ahuris des autres clients. Toute la scène s'est déroulée en quelques minutes seulement.

Une fois dans la voiture, le client semble dégriser rapidement.

— Les gars, vous n'allez pas me mettre en prison parce que j'ai sorti mon couteau devant un flic !

C'est le moment que Dubuc attendait.

— Mon ami, on peut oublier tout ça si tu nous parles de la cérémonie vampirique à laquelle tu as participé juste avant la « Nuit du Sang », celle qui a décidé que le prof Champigny allait mourir. Tu étais bien là, n'est-ce pas ?

— Prince Richard ne veut pas qu'on parle ! Sinon, il va se venger sur nous autres et on ne deviendra jamais de vrais vampires !

— Alors choisis : c'est Prince Richard ou la prison ?

Le garçon décide de parler :

— Euh… Pendant la cérémonie, Prince Richard a dit que quelqu'un devait mourir, alors on a tous participé au pacte. Il disait qu'il devait appliquer la volonté de Verango !

— Est-ce qu'il a identifié le prof Champigny ?

— Je sais pas. Nous autres, on est juste des « apprentis vampires ». On doit obéir à Prince Richard, c'est lui la réincarnation du grand Verango qui commande le groupe. Les participants ont versé du sang pour condamner quelqu'un à mort.

— Qu'est-ce que les vampires lui reprochaient au juste, au prof Champigny ?

— La « Nuit du Sang », c'est pour éliminer ceux qui nuisent à la multiplication des vampires sanguinaires sur la Terre. Alors, avec ses vampires de cirque, c'était normal que le prof Champigny meure. C'est Verango qui l'a ordonné à Prince Richard !

* *

*

À la brunante jeudi, Dubuc décide de retourner à Crazytown. Le fait d'avoir parlé au Dr Roberge l'a en partie rassuré : les gens de cette petite communauté ne sont pas des imbéciles, comme beaucoup de personnes veulent bien le croire. Ce sont avant tout de grands malades qui sont contraints de vivre en marge de la société pour survivre, en raison de conditions médicales exceptionnelles qui leur compliquent sérieusement la vie. Cependant, le témoignage troublant de Manon sur la disparition inexpliquée d'un automobiliste près de Crazytown, il y a une dizaine d'années, l'inquiète…

— Tu veux que je t'accompagne ? demande Langlois.

– Non. Ce sera moins menaçant pour eux si j'y vais tout seul, répond Dubuc, en vérifiant son pistolet.

Près d'une demi-heure plus tard, Dubuc arrive aux abords des champs vacants au fond desquels il aperçoit les roulottes de Crazytown à la lueur du crépuscule. Dès qu'il stationne la voiture et marche en direction du campement, il entend de légers craquements autour de lui et devine que plusieurs personnes l'épient, cachées derrière des arbres ou dans les hautes herbes. Le policier progresse en observant attentivement le sol autour de lui, pour éviter de mettre le pied dans les pièges à coyote.

Soudain, venue de nulle part, une fillette d'environ six ans surgit près de lui. Elle prend un air amusé. Sous sa robe bleue usée, le policier devine son petit corps décharné. Ses cheveux sont blonds et son visage très pâle et sale regarde Dubuc comme s'il était un extra-terrestre. Le policier s'accroupit pour être à sa hauteur et dit jovialement :

– Allô, c'est quoi ton nom ?

Il tâte ses poches et en ressort une barre de chocolat Cadbury.

– Tiens, c'est pour toi. Tu dois avoir faim...

La fillette prend immédiatement la friandise et commence à la manger. Elle dévore le chocolat en quelques secondes, puis disparaît aussi vite qu'elle est venue. Lorsqu'il se redresse, Dubuc aperçoit dans la pénombre le même « comité d'accueil » que la dernière fois : quatre hommes qui l'encerclent nerveusement, armés de pelles et de fourches. Il reconnaît celui qui lui a parlé brièvement, et lève les bras pour indiquer qu'il est venu de façon pacifique.

Du bout de sa fourche, le chef du clan tâte l'étui du pistolet Glock 9 mm autour de la taille de Dubuc, qui l'enlève et le laisse tomber dans l'herbe. Puis, il s'adresse directement à lui.

— Je suis venu seul et en paix pour vous parler. Personne ne vous veut de mal. La police va vous laisser vivre tranquilles, mais j'ai besoin d'informations sur le meurtre d'une jeune fille au cimetière et je crois que vous pouvez m'aider.

Le chef du clan a levé sa fourche et l'appuie légèrement sur la gorge de Dubuc, maintenant immobile. Pendant une trentaine de secondes qui semblent interminables, le policier ferme les yeux. Il ressent le contact de la pointe de métal bien appuyée sur sa gorge. Lorsqu'il les ouvre, l'homme a abaissé son arme et les trois autres ont disparu.

Le chef lui fait signe de le suivre dans une cabane abandonnée tout près. Le toit est en décrépitude et les murs sont exposés aux intempéries. Il se terre dans un recoin obscur de la cabane, à l'abri du regard de Dubuc, qui se tient nerveusement près de la sortie.

— Pourquoi vous êtes revenu nous déranger ?

— La nuit du meurtre de Stéphanie au cimetière, notre suspect a raconté avoir aperçu un homme plein de poils. C'était quelqu'un de votre groupe ?

— C'était moé. Des membres du groupe ont entendu des cris au cimetière cette nuit-là. J'ai pris ma fourche, pis j'ai décidé d'aller voir.

— Il était quelle heure ?

– C'était la nuit. À Crazytown, on vit seulement le soir pis la nuit.

– Le bruit provenait de quel endroit ?

– Du cimetière, je viens de vous le dire. J'ai entendu un grand cri de mort. Ensuite, j'ai vu un jeune habillé bizarrement courir partout en criant « Stéphanie ! Stéphanie ! » à pleins poumons. Après qu'il est passé près de moé, j'ai filé directement au cimetière. C'est là que… que…

– Vous avez vu la morte, c'est ça ?

– La fille étendue dans l'herbe était tellement belle, avec ses longs cheveux noirs pis sa robe toute blanche et ses beaux souliers de satin. On aurait dit une princesse ! Mais quand j'ai vu sa gorge en sang, je suis reparti en courant !

– Pourquoi ?

L'homme durcit le ton :

– Vous devez bien savoir ce qui se passe à Crazytown ! Les jeunes de Chesterville viennent nous garrocher des roches en nous traitant de loups-garous et de vampires ! En voyant la morsure, je savais bien que la police viendrait nous achaler !

Dubuc ne peut s'empêcher de demander :

– Qu'est-ce qui est arrivé ici il y a une dizaine d'années ? On m'a raconté qu'une voiture vide était restée en bordure de la route, et que son propriétaire n'avait jamais été retrouvé. Un témoin a raconté que vous aviez célébré un rituel.

– Cet étranger avait violé une de nos filles qui marchait sur l'accotement ce soir-là. Deux hommes de Crazytown l'ont attrapé et ont crevé un de ses pneus avec une fourche pour l'empêcher de repartir.

– Qu'est-ce qui lui est arrivé ?

　　　　　　　　　　　　　Le pire vampire

— Il est enterré derrière les roulottes, pas loin de la fille qu'il avait étranglée et violée dans sa voiture.

Dubuc est atterré par cette histoire dramatique, mais revient à son interrogatoire.

— Vous dites être reparti du cimetière en courant le soir du meurtre de Stéphanie, mais j'ai trouvé ceci près de vos roulottes, hier soir.

Dubuc exhibe le ruban blanc. L'homme s'est avancé prudemment pour le prendre. À distance, le policier remarque sa bouche ouverte et ses crocs aiguisés. Ses doigts poilus et en partie déformés, aux ongles très longs et très sales, manipulent délicatement le morceau de tissu fin.

— Je l'ai trouvé dans l'herbe et j'ai décidé de le garder. C'est après ça que j'ai vu quelqu'un s'enfuir vers la sortie du cimetière.

— Vous avez vu l'homme qui a tué Stéphanie ? demande Dubuc avec intérêt.

— Je suis pas certain si c'était un homme…

19

Le vendredi matin, Dubuc et Langlois, accompagnés de deux agents de la Sûreté du Québec, se présentent à l'appartement de Prince Richard pendant qu'il se prépare à aller travailler.

– Richard Turcotte, on a un témoin qui te place sur les lieux de la cérémonie vampirique de vendredi soir passé, qui a entraîné la mort du prof Champigny lors de la « Nuit du Sang ». Viens avec nous, on a des questions à te poser.

Prince Richard reste immobile. Langlois s'apprête à lui enfiler les menottes, mais le garçon se retourne brusquement, lance un hurlement à glacer le sang dans les veines et mord sauvagement le détective à la main gauche. Langlois pousse un cri de douleur et un agent immobilise le jeune homme.

Une demi-heure plus tard, Prince Richard est assis dans la petite salle d'interrogatoire des suspects. Il garde la tête penchée, ses longs cheveux noirs lui couvrant presque tout le visage. Craintif depuis l'incident survenu à l'appartement, Langlois garde ses distances. Dubuc entre dans la salle et allume le plafonnier.

— Ahhhh! Fermez la lumière! crie le garçon d'un air affolé, en agitant les mains devant ses yeux.

Dubuc obéit.

— Peu de temps avant de mourir, le prof Champigny nous a raconté que tu l'avais menacé de lui trancher la gorge quand il t'a interdit de venir aux réunions de La Société de Dracula. C'est vrai ça?

— Le prof Champigny méritait de mourir. Lui et sa *gang* de clowns vampiriques! Sous prétexte d'enseigner l'histoire gothique, il dénaturait la vraie nature du vampirisme classique!

— C'est quoi, le vampirisme classique?

— La voie philosophique vers la découverte de soi et la sagesse. Le vrai vampire nourrit son âme, son énergie psychique et physique et transmet son expérience de découverte aux autres!

— En buvant leur sang?

Prince Richard reste silencieux.

— Et toi, t'es un vampire? Un vrai de vrai?

Après avoir posé la question, les deux policiers remarquent soudainement la transformation physique qui survient chez le suspect. Richard redresse fièrement la tête, repousse ses longs cheveux vers l'arrière et semble tomber en transe.

— Parfois, Verango prend le contrôle total de mon corps et de mon esprit pour me posséder totalement. Dans ces moments-là, je pourrais briser toutes les chaînes de mes menottes et m'envoler vers le ciel!

— Et Stéphanie?

— Elle? C'était seulement une petite bourgeoise qui méritait juste de faire partie de La Société de Dracula. La vraie transformation vampirique, ce n'était pas pour elle. La *bitch* méritait de mourir, mais je ne l'ai pas tuée !

Après quelques minutes, Dubuc sort de la salle d'interrogatoire et dit à Langlois :

— On va le laisser partir, mais le garder à l'œil au cours des prochains jours. J'ai aussi demandé à voir le relevé de ses appels téléphoniques récents.

Langlois est anxieux. Il montre à Dubuc la morsure à sa main. Sa voix tremble :

— Et si Prince Richard disait vrai ? Si ce garçon était vraiment la réincarnation du vampire Verango mort il y a cent dix-sept ans, comme il le prétend ? Qu'est-ce qui va m'arriver ?

Dubuc éclate de rire et lui montre le petit crucifix en argent suspendu à une chaîne autour de son cou.

— Ne t'inquiète pas, mon vieux ! J'ai mis ça avant d'interroger Prince Richard. Si ce garçon était vraiment réincarné en vampire, comme il le prétend, il serait actuellement mort de peur, je te le jure !

*   *
*

Peu avant le lunch, Dubuc reçoit un message du médecin légiste de Montréal qui a pratiqué les trois autopsies sur les corps de Stéphanie Nadeau-Labadie, de Mike Murphy et récemment du professeur Champigny. Il le rappelle aussitôt.

Mal à l'aise, le spécialiste explique à Dubuc :

— Après avoir procédé à des analyses plus poussées, j'ai quelques informations nouvelles qui vont vous intéresser. Par exemple, cette morsure au cou de chaque victime n'a rien de « vampirique ». En réalité, elle est superficielle. Dans les trois cas, le meurtrier semble avoir agrandi la blessure avec un objet contondant, pour brouiller les pistes et vous donner l'impression qu'il s'agissait en réalité d'une morsure vampirique. C'est la raison pour laquelle les empreintes de dents sont très partielles, à l'examen.

Dubuc est muet d'étonnement.

— Il vous a fallu trois autopsies pour découvrir ça ?

Le coroner pousse un long soupir.

— La réalité, c'est que je prendrai ma retraite l'an prochain et que je supervise actuellement le travail de deux jeunes médecins légistes qui manquent d'expérience. C'est en revérifiant leurs données que j'ai constaté leur erreur. Mais ce n'est pas tout…

— Une autre erreur ? demande Dubuc.

— Plutôt un manque d'attention de mes jeunes collègues. Sachez qu'une analyse microscopique de la peau des trois cadavres a permis de découvrir une petite incision à la hauteur de l'artère fémorale, c'est-à-dire au niveau du bassin de chaque victime. La fémorale, je vous le rappelle, est une artère majeure dans le haut de la cuisse qui pompe le sang dans notre organisme. En faisant une incision à cet endroit et en récoltant le sang avec un tube, votre meurtrier a donc saigné ses victimes en quelques minutes. C'est beaucoup plus rapide qu'une simple morsure au cou.

Dubuc se remémore sa discussion avec le Dr Roberge, qui lui avait expliqué dans le détail qu'en perçant une artère principale, un meurtrier pouvait vider un corps humain de son sang en six minutes environ.

— Eh bien, grand merci pour ce cours scientifique accéléré, docteur!

Le médecin légiste s'impatiente.

— Mais attendez, sergent Dubuc! Je suis en train de vous dire que votre meurtrier est nécessairement quelqu'un qui a d'excellentes connaissances médicales!

* *
*

À l'heure du lunch, Manon Pouliot retrouve les deux détectives au casse-croûte La Belle Bedaine. Dubuc s'affaire à engloutir des rondelles d'oignons frits pendant que Langlois se contente d'une salade accompagnée de tofu frais et d'une tisane.

— J'ai vu sortir Prince Richard du poste ce matin. Vous l'avez interrogé sur les meurtres vampiriques, c'est ça? demande Manon.

Dubuc hésite un instant. S'il tente de cacher des informations, Manon va s'en apercevoir immédiatement. Mieux vaut lui dire des demivérités, quitte à taire ce qui ne doit pas se retrouver dans le journal local.

— Euh... oui. On a certaines preuves que Prince Richard aurait eu des raisons d'en vouloir à Stéphanie et au prof Champigny. Carmella et elle se disputaient le titre de « meilleure donneuse de sang » sur Facebook, alors il est possible que Carmella ait convaincu Prince Richard d'éliminer sa rivale. Quant au prof Champigny, sa vie était en danger depuis qu'il avait expulsé Prince Richard de La Société de Dracula.

Mais Manon ne comprend pas.

— Pourquoi l'avoir laissé repartir alors ?

— Parce que le *modus operandi* est le même pour les trois meurtres. Morsure à la gorge et écoulement complet du sang. Donc, l'enquête suggère que l'on a nécessairement affaire au même tueur dans les trois cas. C'est ici que ça se complique : on sait que Prince Richard avait des motifs de tuer Stéphanie et le prof Champigny, mais pourquoi assassiner le gardien de sécurité de l'école ? Pour autant que l'on sache, ces deux-là ne se connaissaient même pas ! On n'a aucun mobile valable ! Je n'ai trouvé personne dans l'entourage de Prince Richard pour me parler de Mike Murphy, ni personne dans l'entourage de Mike Murphy pour me parler de Prince Richard. Ça ne colle pas…

— Il avait peut-être une raison précise, comme la jalousie, l'argent, le pouvoir de domination ?

— Non, non et non. J'ai vérifié tout ça. Si tu veux mon humble avis, Prince Richard m'apparaît trop imbu de son personnage de « vampire réincarné » pour être vraiment dangereux. Il se pavane un peu partout à Chesterville, fier comme un coq de se prendre pour Verango, mais le meurtrier qu'on recherche est plus discret et très redoutable. Surtout que le médecin légiste me disait ce matin que notre tueur possède d'excellentes connaissances médicales. Quelqu'un qui agit sous notre nez, sans qu'on le voie. Quelqu'un qui est « pire qu'un vampire » !

Manon n'est pas convaincue.

— Le meurtrier que vous recherchez pourrait être un boucher, un ambulancier ou même un employé d'abattoir, non ?

Dubuc reste campé sur ses positions.

— On n'a pas affaire à un amateur ici, Manon.
Le médecin légiste l'a confirmé. Pour faire des
incisions aussi précises à l'artère fémorale et vider
le sang d'un cadavre en quelques minutes, il faut
connaître très bien la vélocité du sang humain.

Langlois intervient :

— Par contre, on sait que Carmella travaille
dans une clinique vétérinaire qui stocke le sédatif
midazolam ayant servi à endormir les victimes,
qu'elle a une certaine expérience médicale et
qu'elle connaît les trois victimes.

* *
*

Dubuc se présente sans rendez-vous au garage de
mécanique générale GDP pour faire réparer un
pneu défectueux. À travers la grande vitrine du
bureau, il voit soudain arriver la Mercedes grise
du Dr Roberge. Après les salutations d'usage, le
médecin dit :

— Je suis entré en collision avec un autre véhicule dans le stationnement de l'hôpital. Aussi
bien faire réparer mon aile arrière en payant de
ma poche, autrement ça me coûtera trop cher
d'assurance !

Le préposé à l'accueil informe les deux clients
que le mécanicien sera de retour du lunch dans
une quinzaine de minutes. Entretemps, Dubuc
s'assoit et attrape un vieux numéro du *Reader's
Digest* qui traîne sur une table, tandis que Roberge
vérifie ses messages sur son téléphone cellulaire.
L'instant d'après, Dubuc décide de profiter de
l'occasion pour s'informer auprès du médecin.

— Doc, quelque chose me chicote. J'ai interrogé un suspect dans l'affaire des trois meurtres vampiriques, qui pourrait effectivement boire le sang de ses victimes, mortes ou vivantes. Mais je ne crois pas aux vampires et, vérification faite, ce garçon-là n'en est pas un. Alors, il me faut autre chose pour expliquer son comportement. Avez-vous une suggestion, vous qui êtes tellement passionné par le sang ?

D'un air ennuyé, le Dr Roberge remet son téléphone dans sa poche.

— Vous parlez de l'obsession de boire du sang humain ? Écoutez, dans la littérature médicale, je sais qu'il existe bel et bien un phénomène appelé le syndrome de Renfield, qui est aussi connu comme étant du « vampirisme clinique ». C'est une maladie psychologique très grave qui amène un individu à devoir boire régulièrement du sang pour pouvoir fonctionner normalement en société.

— C'est génétique ?

— Plutôt psychologique. On la rencontre seulement chez les hommes, je vous le précise. L'élément déclencheur survient habituellement pendant la jeunesse. Par exemple, un enfant va se couper accidentellement et trouver ça excitant de goûter à son propre sang. Plus tard, il commence à ressentir le besoin ou le plaisir de le boire. Éventuellement, ce sera celui des animaux, par exemple en tuant des chats, des chiens ou des oiseaux. Et au stade sanguinaire le plus avancé, qui mène au « vampirisme clinique » comme tel, cet individu ressent le besoin irrésistible de boire du sang humain.

— Est-ce qu'un individu doit traverser tous ces stades ?

— Pas nécessairement. Il est conscient de ses actes, mais ne peut rien faire pour s'en empêcher, c'est comme une drogue. Ce sont aussi des personnes qui s'adonnent à la nécrophagie et à la nécrophilie. Autrement dit, elles développent un goût morbide pour les morts et mangent avec plaisir la chair putréfiée des cadavres.

Dubuc se demande si cette théorie pourrait expliquer le vol du cadavre de Stéphanie Nadeau-Labadie au salon funéraire.

Le mécanicien du garage GDP revient du lunch et s'installe au comptoir. Dubuc lui fait signe de patienter quelques instants.

— Ces malades atteints de « vampirisme clinique », comme vous dites, est-ce qu'ils sont dangereux pour la population en général ?

— Eh bien, je sais que la maladie n'est généralement pas reconnue par l'Association américaine de psychiatrie et il n'existe pas de traitement comme tel, ce qui est dommage pour ces patients, car ils ont vraiment besoin d'aide. On parle plutôt d'une « déviation du comportement humain » qui rend ces individus certainement très dangereux s'ils décident de tuer pour se procurer du sang. En Californie, Richard Trenton Chase était atteint du syndrome de Renfield. Dans les années 1970, ce tueur en série a assassiné six personnes en un mois en Californie. Les médias l'avaient surnommé le « Vampire de Sacramento » parce qu'il buvait le sang de ses victimes et mangeait les restes humains.

— Et dans notre région ?

   Le pire vampire

— À ma connaissance, il existe un seul cas, que j'ai d'ailleurs traité pendant un certain temps. Il s'agit d'un jeune homme impliqué dans un accident d'auto mortel il y a quelques années en dehors de Chesterville. Le conducteur du véhicule était le jeune Julius Boisvert, le fils d'Adrien. Quand les secouristes sont enfin arrivés sur les lieux après deux jours, ils ont constaté que Richard, le passager de Julius, avait bu le sang de la femme qui était morte dans l'autre voiture. Je dirais que c'est probablement à ce moment-là qu'il a développé le goût du sang, comme nous l'avons constaté par la suite. Ce fut « l'élément déclencheur » qui a profondément modifié sa personnalité.

— Parlez-vous de Richard Turcotte, celui qui se fait appeler « Prince Richard » ?

— En effet. Richard souffre maintenant de « vampirisme clinique ». Nous croyons que cet incident l'a amené à développer une deuxième personnalité, qui lui fait croire qu'il est la réincarnation d'un vampire.

— Mais pourquoi ?

Le Dr Roberge se lève pour aller au comptoir où l'attend le mécanicien qui s'impatiente.

— Pour se protéger, tout simplement, sergent Dubuc. En développant une deuxième personnalité, Richard a bloqué le souvenir douloureux de ce tragique accident d'auto. Dans sa tête, c'est comme si tout cela était arrivé à quelqu'un d'autre. Au quotidien, il peut donc fonctionner en général assez normalement, jusqu'à ce qu'un autre « élément déclencheur » troublant survienne et réveille soudainement sa deuxième personnalité assoiffée de sang humain.

– Vous avez essayé de le traiter ?

– Évidemment. Au cours des années, j'ai recommandé Richard en psychiatrie, où on lui a administré une série d'électrochocs. Cependant, il a très mal réagi et m'accuse encore de l'avoir surmédicamenté et d'en avoir fait un « zombie ». Il est d'ailleurs venu me voir récemment à mon bureau et m'a piqué toute une crise de nerfs quand j'ai refusé de reconnaître mes torts.

20

La semaine suivante, Carmella Faucher est assise dans la même petite salle d'interrogatoire où se trouvait Prince Richard le vendredi précédent. Dubuc entre et dépose un gobelet devant elle sur la table.

La jeune femme éclate de rire.

— Si vous m'apportez un café pour prélever mes empreintes digitales, c'est un vieux truc qu'on voit dans les films !

— Ce n'était pas mon intention, crois-moi. Je voulais juste que tu me parles de ton séjour dans un centre pour jeunes contrevenants de Montréal, en milieu fermé, pour voies de fait graves. C'était il y a trois ou quatre ans, n'est-ce pas ?

La question trouble visiblement Carmella. Elle saisit la tasse de café et la serre dans ses mains, comme pour contrôler ses émotions.

— Je suis certaine que vous connaissez déjà mon passé mieux que moi. Je vous ai dit l'autre jour qu'un soir, j'ai lancé une bouteille d'alcool et une allumette sur un gars qui voulait me taponner les fesses dans un *party*. Il a pris en feu et il est resté défiguré pour la vie, avec des brûlures au troisième degré sur 90 % de son corps. La juge m'a condamnée à passer deux ans dans un centre jeunesse.

— C'était comment, cet endroit ?

— J'aimerais mieux ne pas en parler. C'est une période de ma vie que j'ai effacée dans ma tête. Maintenant, j'ai une bonne job, je paye mon loyer et je m'occupe de ma fille, Philomène.

— Parlant de Philomène, qui est son papa ?

Carmella fait la moue.

— C'est quelque chose qui est arrivé pendant que j'étais au centre jeunesse. J'ai décidé d'élever ma fille toute seule. Le père était un homme marié, de toute façon, alors je ne voulais pas faire d'histoire.

— Une fois sortie de là, tu t'es intéressée aux groupes vampiriques ?

— Oui, avec La Société de Dracula, j'avais l'impression de retrouver une famille, tout le monde se connaissait. C'est super *cool* !

— Et Stéphanie, rappelle-moi tes rapports avec elle ?

Dubuc ne peut s'empêcher de noter la nervosité qui s'est soudain emparée de Carmella : elle cligne rapidement des yeux, elle agite les mains dans toutes les directions en parlant et ses phrases sont saccadées.

— Steph et moi, on était deux donneuses de sang. Souvent, on échangeait des messages sur un site Web réservé aux groupes vampiriques. Malheureusement, Steph s'est enflé la tête. Elle s'est mise à envoyer des messages de jalousie, qui disaient que c'était elle la donneuse de sang préférée dans le groupe !

— T'étais en colère contre Stéphanie ?

– Certain ! Surtout que les autres membres et Prince Richard lisaient aussi ses messages de jalousie sur Internet. Ce n'était plus vivable à l'appartement. On s'arrangeait pour ne jamais se croiser. Mais je me suis retenue. Ça faisait longtemps que je me retenais…

Dubuc exhibe soudain devant Carmella le ruban trouvé au cimetière. La jeune femme se retient pour ne pas crier. Elle met la main sur sa bouche. Des larmes coulent sur ses joues.

– C'est bien à toi, n'est-ce pas ? On a fait un test d'ADN sur les quelques cheveux retrouvés dans la barrette du ruban et ce n'est pas celui de Stéphanie. Tu étais au vieux cimetière des Anglais la nuit où elle est morte, n'est-ce pas Carmella ?

Refoulant ses larmes, elle parvient à dire d'un air frondeur :

– C'est mon ruban, mais Stéphanie me l'avait volé la veille de mourir ! Je l'ai cherché partout.

Elle parle en regardant vers la porte de la salle, comme si elle répétait un texte appris par cœur. Visiblement, elle ment.

Dubuc décide de la pousser un peu plus loin…

– Le médecin légiste a découvert qu'immédiatement avant chaque meurtre, la victime avait reçu une piqûre de midazolam dans le cou, un sédatif très puissant utilisé par les vétérinaires pour endormir les animaux. Tu connais ce produit ?

– Mida… quoi ? Non, pas vraiment. Écoutez, je suis juste une aide-technicienne.

Dubuc pousse un soupir.

– J'ai appelé ton patron, en lui demandant de vérifier ses stocks de midazolam. Il m'a confirmé que trois flacons ont récemment disparu, quelques jours seulement avant chaque meurtre. Étant donné que c'est toi qui t'occupes de l'inventaire des produits vétérinaires à la clinique, ton patron n'a jamais soupçonné la disparition du midazolam.

Carmella éclate en sanglots. Elle se lève et crie :

— Mais j'ai tué personne, je vous jure !

Contre toute attente, Dubuc lui répond :

— Je te crois, Carmella, je te crois…

* *

*

Langlois entre dans la salle d'interrogatoire pour mettre les menottes à Carmella, mais Dubuc le retient. Il voudrait que la jeune femme précise davantage quelques détails.

— L'autopsie a prouvé qu'au cimetière Stéphanie avait été frappée avec une roche dans le sentier, et transportée ensuite devant la pierre tombale. Qui t'a aidée à la déplacer ?

Carmella semble étonnée de la question.

— Personne. Je suis plus forte que j'en ai l'air !

— J'en doute. Stéphanie est plus lourde que toi, alors arrête de nous prendre pour des valises, veux-tu !

— Je… j'avais un complice.

— Qui ça ?

— Prince Richard.

Dubuc fait un signe de tête à Langlois, qui enfile les menottes à Carmella. Puis, il demande à un autre détective d'obtenir immédiatement un mandat d'arrêt contre Richard Turcotte.

21

En soirée, Dubuc est encore au bureau et regarde le mur devant lui. Lorsque Langlois se présente, il bondit comme un ressort :

— Il faut absolument que j'aille parler au docteur Roberge !

— Tu veux que je t'accompagne ?

— Non, je ne veux pas l'énerver. J'ai des questions à lui poser. Mais tiens-toi prêt si je te fais signe.

Le policier roule environ un quart d'heure sur une route secondaire à l'extérieur de Chesterville. La résidence du docteur Roberge est assez isolée et se trouve dans un secteur boisé où seulement quelques maisons cossues surplombent une falaise près du lac des Sables. Le policier parvient à la longue allée qui mène à la maison de pierres grises, de style manoir anglais. Il est presque 20 heures et tout le secteur est assombri par de gros nuages noirs. Il stationne la voiture et se dirige vers la grande porte de chêne.

Dubuc prend soudainement conscience qu'il sait peu de choses sur la vie personnelle du Dr Roberge. Sa femme et son jeune fils l'ont quitté il y a plusieurs mois. Il sonne. Quelques instants plus tard, le médecin vient ouvrir. Il porte un jeans, un t-shirt et des sandales, et semble étonné de le trouver à sa porte.

– Sergent Dubuc ? Qu'est-ce qui vous amène ? Rien de grave, j'espère !

Le détective tente de maîtriser son appréhension.

– J'aurais d'autres questions à vous poser concernant les trois meurtres vampiriques.

– Ah bon. Ça ne peut pas attendre à demain matin au bureau ? Comme vous voudrez…

Le médecin invite Dubuc à entrer et à s'installer dans l'un des confortables divans de cuir noir du salon.

– Je préparais justement du café. Attendez-moi, je reviens tout de suite !

Il disparaît, laissant le policier seul.

Dubuc est trop agité pour rester assis. Il se lève et arpente le salon. La pièce est grande et bien éclairée, avec son piano à queue noir brillant et un plafond vitré qui laisse voir les rares étoiles commençant à se pointer dans le firmament ennuagé.

Le Dr Roberge revient et dépose les tasses de café sur une table basse. Les deux hommes s'assoient.

– Vous avez encore des questions sur les meurtres vampiriques, sergent Dubuc ?

– Oui. Nous avons interrogé Carmella Faucher et avons maintenant la preuve qu'elle était sur les lieux quand Stéphanie a été assassinée. Elle avait aussi de sérieux motifs d'éliminer Mike Murphy et le prof Champigny. Nous l'avons arrêtée ce matin.

Le médecin est visiblement troublé.

   Le pire vampire

— Carmella ? Mais c'est une accusation très grave !

— Elle avait un complice, nous en sommes certains.

— Probablement Richard Turcotte, ce garçon assez perturbé dont je vous ai parlé. On le surnomme Prince Richard. J'entends dire qu'il dirige un groupe secret de vampires sanguinaires à Chesterville.

— Nous avons évidemment interrogé Prince Richard et il a disparu pour l'instant, mais je ne pense pas qu'il soit le complice que nous recherchons, malgré son goût du sang. D'une part, il m'apparaît très soumis à Carmella. Quand elle parle, il se tait. Mais surtout, Prince Richard est trop imbu de son personnage de « vampire réincarné » pour être vraiment dangereux. Le meurtrier que l'on recherche est quelqu'un de plus discret, mais de très redoutable. Quelqu'un qui assassine sous notre nez, sans qu'on le voie. Quelqu'un de pire qu'un vampire !

Le Dr Roberge montre des signes évidents de frustration.

— Mais vendredi dernier à mon bureau, je vous ai révélé que Richard Turcotte souffre de « vampirisme clinique ». C'est un grand malade. Je suis étonné que vous ne l'ayez pas encore mis en prison ! J'aurais tendance à croire que chaque fois qu'il a été en état de crise ces dernières semaines, qu'il a été assoiffé de sang, cela s'est terminé par un meurtre sanguinaire !

— C'est logique, mais nous savons maintenant que le meurtrier possédait aussi d'excellentes connaissances médicales...

Ces derniers mots ont provoqué une vive réaction chez le Dr Roberge, qui a renversé un peu de café sur le divan.

— Voyons donc ! Plusieurs personnes sont susceptibles d'avoir des connaissances médicales et d'être votre meurtrier, comme des ambulanciers, des infirmiers…

— En effet. Mais en plus d'avoir une expertise précise lui permettant de saigner ses victimes en quelques minutes, le coupable doit être passionné par le sang. En fait, c'est vous qui me l'avez suggéré l'autre jour.

Loin de nier, le médecin approuve.

— En effet. Je vous ai déjà dit que « le sang, c'est la vie ». Ce liquide biologique circule continuellement dans les vaisseaux sanguins et le cœur, et transporte l'oxygène essentiel au corps humain, en plus de nous permettre de détecter de nombreuses maladies. Vraiment, du point de vue scientifique, le sang est une petite merveille en soi !

— D'après le médecin légiste, poursuit Dubuc, les incisions pour saigner chaque victime ont été faites de manière à écouler le sang le plus rapidement possible hors du corps. Une artère au lieu d'une veine. De plus, la blessure à la gorge est très superficielle et visait seulement à donner l'impression d'une morsure vampirique. Autrement dit, notre meurtrier n'est pas un vampire sanguinaire, ce qui m'amène chez vous ce soir, docteur Roberge…

Le médecin consulte sa montre. Il regarde maintenant Dubuc en souriant. Pour sa part, le policier constate que, depuis quelques minutes, sa vue est devenue légèrement embrouillée. Les paroles du docteur Roberge résonnent en écho dans sa tête, comme dans un grand corridor. Il tente de se lever à son tour, mais son corps est devenu une masse inerte qui refuse d'obéir. Il doit faire des efforts pour parler.

— M'avez… m'avez-vous drogué ?

— Évidemment. J'ai appris l'arrestation de Carmella plus tôt aujourd'hui. En vous voyant arriver ce soir, je savais que vous aviez fait le lien entre elle et moi. Je l'ai connue quand j'étais médecin au centre jeunesse de Montréal. Nous avons développé une relation amoureuse et fait un enfant ensemble. Quand j'ai été congédié du centre, je suis venu m'installer à Chesterville pour me rapprocher de Carmella et de notre fille Philomène, car elle me semblait infiniment malheureuse. Ce fut une période très difficile, et ma femme m'a récemment quitté avec mon fils.

Dubuc fait des efforts surhumains pour se mettre debout, mais en vain.

— Je suis désolé, sergent Dubuc. La drogue dans votre café va provoquer une forte réaction avec vos médicaments. Vos pulsations cardiaques vont ralentir, les contractions seront retardées, mais la quantité de sang retournée au cœur va augmenter, ce qui provoquera une crise mortelle d'ici une heure environ. Dans vingt-quatre heures, la drogue aura pratiquement disparu de votre système et l'autopsie révélera une mort naturelle.

Malgré la légère paralysie qui s'est emparée de lui, Dubuc cherche à savoir :

— Mais… pourquoi ces trois meurtres ? Vous êtes médecin pour sauver des vies, pas pour tuer des gens !

— Vous avez raison, mais je savais à quel point Carmella était de plus en plus malheureuse chaque fois qu'on se voyait. J'ai voulu me rapprocher d'elle en la débarrassant de certaines personnes qui faisaient de sa vie un véritable enfer. Je me disais qu'ensuite, on pourrait peut-être vivre heureux ensemble et élever notre fille. Carmella se plaignait souvent de Stéphanie, cette tête enflée qui détruisait sa réputation sur les médias sociaux. Ou de Mike Murphy, ce gros porc sans manières qui l'avait battue un soir en sortant d'un bar parce que Carmella, en légitime défense, avait gravement brûlé son frère. Et même le prof Champigny, qui avait menacé de tuer Carmella si elle dévoilait sa relation amoureuse avec Stéphanie. Alors oui, j'étais avec elle pour chaque meurtre et pour saigner chaque victime !

— Mais pourquoi toute cette mise en scène vampirique ?

— Pour faire porter les soupçons sur Richard Turcotte, bien sûr. Puisque je le traitais à l'occasion, je savais qu'au cours de votre enquête, vous apprendriez tôt ou tard que ce garçon souffrait de « vampirisme clinique ». Depuis sa sortie du centre jeunesse, ses symptômes ont empiré. Je ne crois pas qu'il soit rendu au point de tuer des gens pour boire leur sang. Mais Prince Richard est certainement devenu un individu dangereux qui ne devrait pas être en liberté.

— Pour… pourquoi ne pas l'aider ?

— Ah, il est venu me voir au bureau à quelques reprises, encore récemment, en me suppliant de lui donner des sacs de sang humain. Mais Prince Richard est devenu un loup pour la société et le sera toujours. Comme un drogué, sauf que sa drogue, c'est le sang humain ! Je l'ai attrapé la semaine dernière à tenter d'en voler trois sacs à l'hôpital et j'ai menacé d'appeler la police.

Pendant que le Dr Roberge parle, un bruit de verre fracassé provient de la cuisine. Le médecin tend l'oreille avec inquiétude et s'y dirige lentement. L'instant d'après, Dubuc perçoit quelques paroles effrayées, puis des cris d'horreur.

Le policier fait un effort surhumain et réussit lentement à se soulever en s'appuyant sur le divan. Sa vue est partiellement embrouillée. Il met la main sur son étui de pistolet et dégaine son Glock 9 mm en le pointant difficilement devant lui. Puis, il avance à tâtons vers la source du vacarme.

Dubuc parvient à distinguer un corps inerte sur le sol. Penchée sur lui, une forme humaine à genoux semble être en train de manger bruyamment. Le policier continue d'avancer. Soudain, la silhouette se retourne. Le policier reconnaît Prince Richard, qui le fixe, les yeux exorbités, comme un animal sauvage pris en flagrant délit, et ne semble pas le reconnaître. Du sang s'écoule de sa bouche. Sur le plancher, le Dr Roberge est inconscient et ensanglanté.

Dubuc pointe son pistolet un peu à l'aveuglette :

– Relève-toi immédiatement !

Au même instant, une sirène de police retentit dans la cour. Langlois, deux policiers et une infirmière font irruption dans la maison. Ils maîtrisent Prince Richard, qui hurle et tente de mordre comme un animal que l'on prive de son repas, et lui enfilent les menottes. Ils constatent aussi la mort violente du Dr Roberge.

Langlois s'explique :

— C'était brillant ton idée ! J'ai entendu toute ta conversation avec lui. On a toutes les preuves qu'il nous faut pour fermer le dossier des « meurtres vampiriques ». Malheureusement, notre coupable est mort, dit-il, en regardant le corps inerte du médecin sur le plancher de la cuisine. Carmella sera accusée de complicité de meurtre.

Dubuc sourit faiblement. En se rendant compte que le médecin l'avait drogué, il avait réussi à appuyer discrètement sur un bouton du téléphone enfoui dans sa poche de pantalon, afin de recomposer automatiquement le numéro de Langlois et laissé l'appareil ouvert, en espérant que Lulu saisirait l'urgence de la situation.

L'infirmière s'approche rapidement de Dubuc pour lui injecter un antidote qui lui évitera la crise cardiaque.

— Vous devez vous étendre et vous reposer un peu ! ordonne-t-elle.

Mais Dubuc est trop énervé pour l'écouter. Il bafouille :

— Lulu, je crois qu'on doit des excuses à Julius Boisvert ! On a longtemps soupçonné ce garçon d'être le meurtrier que l'on recherchait, mais on avait tort. Il est peut-être encore au chalet de son père.

Son collègue n'est pas d'accord.

— Hé, du calme, mon ami ! Dans ton état, tu dois t'allonger, l'infirmière vient de le dire ! En plus, le chemin des Cantons est à une grosse demi-heure d'ici et il est tard. On ira s'excuser demain matin si tu veux, c'est promis !

Mais Dubuc s'entête.

– Bout de chandelle ! On doit bien cela à Julius. Allons-y maintenant ! Fais juste m'aider à marcher vers la voiture.

*　*
*

Quarante minutes plus tard, Langlois et Dubuc arrivent au camp de pêche d'Adrien Boisvert. Ils cognent à la porte. Aucune réponse. Celle-ci n'est pas verrouillée. Ils entrent sans faire de bruit. Tout l'intérieur est dans l'obscurité totale, à part une lumière tamisée provenant de la petite chambre au fond.

Dubuc étire le cou et distingue la silhouette de Julius. Il est agenouillé près du lit sur lequel est étendue une femme vêtue d'une robe immaculée, chaussée de souliers satinés couleur perle, un ruban rouge dans ses longs cheveux noirs.

Dubuc fait quelques pas et aperçoit avec horreur le cadavre en état de décomposition avancée de Stéphanie Nadeau-Labadie.

Un pieu de bois enfoncé dans le cœur...

À propos de l'auteur

Claude Forand est venu à l'écriture de romans policiers par le biais du journalisme régional. Après des études en journalisme et en sciences politiques, il a pratiqué son métier pendant une vingtaine d'années, au Québec et en Ontario, également comme pigiste pour différents magazines d'actualités, d'affaires et de science médicale. Il y a près de vingt ans, il s'est réorienté vers la traduction, qui l'occupe maintenant à temps plein comme traducteur agréé à Toronto.

En 1999, un reportage-choc qu'il avait préparé pour un magazine a donné naissance à un premier polar, *Le cri du chat*, et introduit son personnage fétiche, le sergent Roméo Dubuc de la Sûreté du Québec, qui devra enquêter sur une secte satanique prenant le contrôle de la petite ville fictive de Chesterville au Québec.

Cette première enquête de Dubuc fut suivie en 2006 par *Ainsi parle le Saigneur*, dans lequel un fanatique religieux qui n'accepte pas le péché en société se fait justicier et commet des meurtres en série à Chesterville. En 2009, un recueil de nouvelles policières *On fait quoi avec le cadavre ?* nous présente des gens en apparence ordinaires, devenus désaxés sociaux et même criminels en raison des circonstances.

En 2011, le sergent Dubuc revient dans une troisième enquête, *Un moine trop bavard*, qui se déroule dans un monastère pas très « catholique » près de Chesterville, et où le détective devra s'immerger dans le monde étrange de ces « fous de Dieu » à la fois pieux et meurtriers, afin de résoudre l'intrigue.

Cette trilogie de polars sur fond religieux est suivie en 2014 d'un thriller politique, *Le député décapité*, dans lequel Roméo Dubuc doit affronter corruption, luttes de pouvoir et argent sale, à la suite de l'assassinat du chef d'un nouveau parti politique.

Dans *Cadavres à la sauce chinoise* (2016), Claude Forand transporte cette fois son détective Roméo Dubuc à Toronto. Accompagnant sa nièce Mélanie dans la Ville reine, Dubuc devra résoudre le meurtre sordide de la meilleure amie de sa nièce, ce qui l'entraînera dans les bas-fonds de Toronto.

Enfin, dans ce nouveau polar, *Le pire vampire*, le sergent Roméo Dubuc devra revisiter ses propres croyances face aux vampires et combattre les idées préconçues afin de découvrir ce monstre sanguinaire qui terrorise Chesterville et fait couler le sang.

Pour en apprendre davantage sur les enquêtes
de l'inspecteur Dubuc, visitez le site Web
inspecteurdubuc.com

14/18

Collection dirigée par Renée Joyal

BÉLANGER, Pierre-Luc
24 heures de liberté, 2013.
Ski, Blanche et avalanche, 2015.
Disparue chez les Mayas, 2017.
L'Odyssée des neiges, 2018.

CANCIANI, Katia
178 secondes, 2015.

DUBOIS, Gilles
Nanuktalva, 2016.

FORAND, Claude
Ainsi parle le Saigneur, 2007.
On fait quoi avec le cadavre? (nouvelles), 2009.
Un moine trop bavard, 2011.
Le député décapité, 2014.
Cadavres à la sauce chinoise, 2016.
Le pire vampire, 2019.

LAFRAMBOISE, Michèle
Le projet Ithuriel, 2012.

LAROCQUE, Jean-Claude et Denis SAUVÉ
Étienne Brûlé. Le fils de Champlain (Tome 1), 2010.
Étienne Brûlé. Le fils des Hurons (Tome 2), 2010.
Étienne Brûlé. Le fils sacrifié (Tome 3), 2011.
John et le Règlement 17, 2014.

MALLET-PARENT, Jocelyne
Le silence de la Restigouche, 2014.

MARCHILDON, Daniel
La première guerre de Toronto, 2010.
Otages de la nature, 2018.

MUIR, Mathieu
L'ère de l'Expansion, 2019.

OLSEN, Karen

    Élise et Beethoven, 2014.
    La rançon d'Atahualpa, 2018.

PÉRIÈS, Didier

    Mystères à Natagamau. Opération Clandestino, 2013.
    Mystères à Natagamau. Le secret du borgne, 2016.

RENAUD, Jean-Baptiste

    Les orphelins. Rémi et Luc-John (Tome 1), 2014.
    Les orphelins. Rémi à la guerre (Tome 2), 2015.

ROYER, Louise

    iPod et minijupe au 18ᵉ siècle, 2011.
    Culotte et redingote au 21ᵉ siècle, 2012.
    Bastille et dynamite, 2015.
    Téléportation et tours jumelles, 2018.

VIENS, Mylène

    Pourquoi pas ?, 2018.

x